Reclams Adventskalender

Reclams Adventskalender

24 Geschichten und Gedichte
für die festliche Zeit

Zusammengestellt von
Stephan Koranyi
und Gabriele Seifert

Reclam

1

Luise Holthausen

Neles Adventskalender

»Mama, wann ist endlich Weihnachten?«, fragt Nele jeden Tag. Und dann zählen sie gemeinsam: »Eins, zwei, drei, vier …«

Eines Tages bringt Mama einen Adventskalender für Nele mit. »Jetzt sind es noch 24 Tage bis Weihnachten. Und jedes Mal, wenn du ein Türchen öffnest, ist es ein Tag weniger«, erklärt sie.

Nele zählt: »Eins, zwei, drei, vier, fünf …« Sie zählt bis vierundzwanzig. 24 Tage dauern noch schrecklich lange!

Am nächsten Morgen springt Nele gleich nach dem Aufwachen aus dem Bett und rennt zu ihrem Adventskalender. Sie öffnet das Türchen mit der Eins. Dahinter entdeckt sie ein schönes buntes Glitzerbild mit einer brennenden Kerze. Nele zählt: »Eins, zwei, drei, vier …« Sie zählt bis dreiundzwanzig. 23 Tage? Das ist immer noch eine schrecklich lange Zeit!

Den ganzen Tag über hat Nele viel zu tun. Zuerst geht sie in den Kindergarten. Dann baut sie mit ihrem kleinen Bruder Leon Bauklötze. Dann tollt sie mit Kater Tommy herum. Dann badet sie ihre Puppen. Trotzdem will und will dieser Tag einfach nicht vergehen. Aber was hat Mama gestern gesagt? »Jedes

Mal, wenn du ein Türchen öffnest, ist es ein Tag weniger bis Weihnachten.«

Ob sie einfach noch ein Türchen öffnet, damit es schneller Weihnachten wird? Nele schaut sich um. Sie ist allein im Kinderzimmer. Mama klappert unten in der Küche mit Geschirr. Papa räumt die Garage auf. Leon krabbelt bei Mama auf dem Fußboden herum. Nur Kater Tommy liegt auf ihrer Bettdecke und schaut sie mit seinen grünen Augen an.

»Nur eins«, sagt Nele zu Tommy.

Tommy sagt nichts. Er schaut bloß.

Da macht Nele ganz schnell das zweite Türchen auf. Dahinter ist ein schönes buntes Glitzerbild mit einem Stern.

Nele zählt: »Eins, zwei, drei, vier …«, bis zweiundzwanzig. 22 Tage? Das ist eigentlich auch nicht viel kürzer als 23 Tage. Deshalb macht Nele noch ein Türchen auf. Und noch eins.

Immer mehr schöne Glitzerbilder kommen zum Vorschein. Jetzt sind es noch vier Tage bis Weihnachten. Noch drei. Noch zwei.

Als Nele das vorletzte Türchen öffnet, klopft ihr Herz ganz schnell. Ob morgen wirklich Weihnachten ist?

2

Ursel Scheffler

Vorweihnachtstrubel

Grüner Kranz mit roten Kerzen,
Lichterglanz in allen Herzen,
Weihnachtslieder, Plätzchenduft,
Zimt und Sterne in der Luft.
Garten trägt sein Winterkleid,
wer hat noch für Kinder Zeit?

Leute packen, basteln, laufen,
grübeln, suchen, rennen, kaufen,
kochen, backen, braten, waschen,
rätseln, wispern, flüstern, naschen,
schreiben Briefe, Wünsche, Karten,
was sie auch von dir erwarten.

Doch wozu denn hetzen, eilen,
schöner ist es zu verweilen,
und vor allem dran zu denken,
sich ein Päckchen ›Zeit‹ zu schenken.
Und bitte laßt noch etwas Raum
für das Christkind unterm Baum!

Joachim Ringelnatz

Schenken

Schenke groß oder klein,
Aber immer gediegen.
Wenn die Bedachten
Die Gaben wiegen,
Sei dein Gewissen rein.

Schenke herzlich und frei.
Schenke dabei,
Was in dir wohnt
An Meinung, Geschmack und Humor,
So dass die eigene Freude zuvor
Dich reichlich belohnt.

Schenke mit Geist ohne List.
Sei eingedenk,
Dass dein Geschenk
Du selber bist.

3

Jacob und Wilhelm Grimm

Frau Holle

Eine Witwe hatte zwei Töchter, davon war die eine schön und fleißig, die andere hässlich und faul. Sie hatte aber die hässliche und faule, weil sie ihre rechte Tochter war, viel lieber, und die andere musste alle Arbeit tun und der Aschenputtel im Hause sein. Das arme Mädchen musste sich täglich auf die große Straße bei einem Brunnen setzen, und musste so viel spinnen, dass ihm das Blut aus den Fingern sprang. Nun trug es sich zu, dass die Spule einmal ganz blutig war, da bückte es sich damit in den Brunnen und wollte sie abwaschen: Sie sprang ihm aber aus der Hand und fiel hinab. Es weinte, lief zur Stiefmutter und erzählte ihr das Unglück. Sie schalt es aber so heftig und war so unbarmherzig, dass sie sprach: »Hast du die Spule hinunterfallen lassen, so hol sie auch wieder herauf.« Da ging das Mädchen zu dem Brunnen zurück und wusste nicht, was es anfangen sollte: Und in seiner Herzensangst sprang es in den Brunnen hinein, um die Spule zu holen. Es verlor die Besinnung, und als es erwachte und wieder zu sich selber kam, war es auf einer schönen Wiese, wo die Sonne schien und viel tausend Blumen standen. Auf dieser Wiese ging es fort und kam zu einem Backofen, der war voller Brot; das Brot aber rief: »Ach, zieh mich raus, zieh mich raus, sonst verbrenn ich: Ich bin schon längst ausgebacken.« Da trat es herzu, und holte mit dem Brotschieber alles nacheinander heraus. Danach ging es weiter und kam zu einem Baum, der hing voll Äpfel, und rief ihm zu: »Ach schüttel mich, schüttel mich, wir Äpfel sind alle miteinander reif.« Da schüttelte es den Baum, dass die Äpfel fielen, als regneten sie, und schüttelte, bis keiner mehr oben war; und als es alle in einen Haufen zusammengelegt hatte, ging es wieder weiter. Endlich kam es zu einem kleinen Haus, daraus guckte eine alte Frau, weil sie aber so große Zähne hatte, ward ihm angst, und es wollte fortlaufen. Die alte Frau aber rief ihm nach: »Was fürchtest du dich, liebes Kind? Bleib bei mir, wenn du alle Arbeit im Hause ordentlich tun willst, so soll dir's gutgehn. Du musst nur achtgeben, dass du mein Bett gut machst und es fleißig aufschüttelst, dass die Federn fliegen, dann schneit es in der Welt; ich bin die Frau Holle.« Weil die Alte ihm so gut zusprach, so fasste sich das Mädchen ein Herz, willigte ein und begab sich in ihren Dienst. Es besorgte auch alles nach ihrer Zufriedenheit, und schüttelte ihr das Bett immer gewaltig auf, dass die Federn wie Schneeflocken umherflogen; dafür hatte es auch ein gut Leben bei ihr, kein böses Wort, und alle Tage Gesottenes und Gebratenes. Nun war es eine Zeitlang bei der Frau Holle, da ward es traurig und wusste anfangs selbst nicht, was ihm fehlte, endlich merkte es, dass es Heimweh war; ob es ihm hier gleich viel tausendmal besserging als zu Haus, so hatte es doch ein Verlangen dahin. Endlich sagte es zu ihr: »Ich habe den Jammer nach Haus kriegt, und wenn es mir auch noch so gut hier unten geht, so kann ich doch nicht länger bleiben, ich muss wieder hinauf zu den Meinigen.« Die Frau Holle sagte: »Es gefällt mir, dass du wieder nach Haus verlangst, und weil du mir so treu gedient hast, so will ich dich selbst wieder hinaufbringen.« Sie nahm es darauf bei der Hand und führte es vor ein großes Tor. Das Tor ward aufgetan, und wie das Mädchen gerade darunterstand, fiel ein gewaltiger Goldregen, und alles Gold blieb an ihm hängen, so dass es über und über davon bedeckt war. »Das sollst du haben, weil du so fleißig gewesen bist«, sprach die Frau Holle und gab ihm auch die Spule wieder, die ihm in den Brunnen gefallen war. Darauf ward das Tor verschlossen, und das Mädchen befand sich oben auf der Welt, nicht weit von seiner Mutter Haus: Und als es in den Hof kam, saß der Hahn auf dem Brunnen und rief:

»Kikeriki,
unsere goldene Jungfrau ist wieder hie.«

Da ging es hinein zu seiner Mutter, und weil es so mit Gold bedeckt ankam, ward es von ihr und der Schwester gut aufgenommen.

Das Mädchen erzählte alles, was ihm begegnet war, und als die Mutter hörte, wie es zu dem großen Reichtum gekommen war, wollte sie der andern hässlichen und faulen Tochter gerne dasselbe Glück verschaffen. Sie musste sich an den Brunnen setzen und spinnen; und damit ihre Spule blutig ward, stach sie sich in die Finger und stieß sich die Hand in die Dornhecke. Dann warf sie die Spule in den Brunnen und sprang selber hinein. Sie kam, wie die andere, auf die schöne Wiese und ging auf demselben Pfade weiter. Als sie zu dem Backofen gelangte, schrie das Brot wieder: »Ach, zieh mich raus, zieh mich raus, sonst verbrenn ich, ich bin schon längst ausgebacken.« Die Faule aber antwortete: »Da hätt ich Lust, mich schmutzig zu machen«, und ging fort. Bald kam sie zu dem Apfelbaum, der rief: »Ach, schüttel mich, schüttel mich, wir Äpfel sind alle miteinander reif.« Sie antwortete aber: »Du kommst mir recht, es könnte mir einer auf den Kopf fallen«, und ging damit weiter. Als sie vor der Frau Holle Haus kam, fürchtete sie sich nicht, weil sie von ihren großen Zähnen schon gehört hatte, und verdingte sich gleich zu ihr. Am ersten Tag tat sie sich Gewalt an, war fleißig und folgte der Frau Holle, wenn sie ihr etwas sagte, denn sie dachte an das viele Gold, das sie ihr schenken würde; am zweiten Tag aber fing sie schon an zu faulenzen, am dritten noch mehr, da wollte sie morgens gar nicht aufstehen. Sie machte auch der Frau Holle das Bett nicht, wie sich's gebührte, und schüttelte es nicht, dass die Federn aufflogen. Das ward die Frau Holle bald müde und sagte ihr den Dienst auf. Die Faule war das wohl zufrieden und meinte, nun würde der Goldregen kommen; die Frau Holle führte sie auch zu dem Tor, als sie aber darunter stand, ward statt des Goldes ein großer Kessel voll Pech ausgeschüttet. »Das ist zur Belohnung deiner Dienste«, sagte die Frau Holle und schloss das Tor zu. Da kam die Faule heim, aber sie war ganz mit Pech bedeckt, und der Hahn auf dem Brunnen, als er sie sah, rief:

»Kikeriki,
unsere schmutzige Jungfrau ist wieder hie.«

Das Pech aber blieb fest an ihr hängen und wollte, solange sie lebte, nicht abgehen.

4

Max Koranyi

Barbaratag

Leben insgesamt ist nicht ganz ungefährlich. Wer weiß heute am frühen Morgen schon, was tagsüber alles passieren könnte: Unfall, übellauniger Chef, schlechte Familiennachrichten. So passen wir also im Auto auf, so schützen wir uns vor schwierigen Menschen. Normalerweise wird dann der 4. Dezember am Abend gut ausgegangen sein, vielleicht sogar eine schöne Überraschung, ein kleines Fest im Tagesgepäck mitgebracht haben.

Manche Menschen aber leben schon berufsmäßig gefährlicher als Sie und ich: Pyrotechniker, Bergleute und Dachdecker. Sie alle brauchen einen besonderen Schutz am heutigen Tag. Richtig: Ihre Berufsgenossenschaft versorgt sie mit entsprechender Schutzkleidung. Wenn es aber wirklich einmal brenzlig werden sollte – das ahnen Sie selbst –, würde auch all dies nicht ausreichen. Etwas heilig Schützendes wäre besser. Am besten eine Heilige persönlich. Und so nannte man die Pulverkammer auf französischen Schiffen »La Sainte Barbe« und tief unten im Bergwerksstollen steht oft ein Schrein einer heiligen Jungfrau: Barbara!

Schon ihr Name – Barbara = die Fremde – ist Programm: Die Gefahren, denen sie als Außenstehende ausgesetzt war, verbinden sie mit dem Dachmann oben am Haus und dem Bergmann unten im Pütt. Wer so viel durchgestanden hat wie sie, versteht die Ängste von Feuerwehrleuten und Kampfmittelbeseitigern. Ihre Patronin ist sie geworden. Und heute ist ihr Festtag: Barbaratag!

Wie so oft haben Legenden das Bild der Heiligen ausgeschmückt und geprägt. Aber was sich damals, vor ca. 1800 Jahren, nun tatsächlich zugetragen hat, spielt für Menschen in Gefahrenberufen nicht die wichtigste Rolle. Hauptsache, sie ist da. Und diese Patronin kann tatsächlich am besten helfen, weil sie selbst schwerste Herausforderungen mitgemacht und tapfer durchgestanden hat.

Im 3. Jahrhundert ist der christliche Glaube noch längst kein Allerweltsgut. Der römische Kaiser Decius (249–251) ruft dazu auf, Christen der Staatsgewalt auszuliefern. Der Riss zwischen altem Heidentum und Evangelium geht bisweilen mitten durch Familien hindurch. Dioscuros etwa, ein reicher Kaufmann in Nikomedia, dem heutigen Izmir in der Türkei, ist entsetzt, als seine Tochter Christin werden möchte. Und manchmal erlebt man es leider bis heute, dass unterschiedliche Religionen nicht nur Familien entzweien, sondern durch Unduldsamkeit fatale Folgen nach sich ziehen. Für Dioscuros ist es unerträglich, dass seine Barbara sich taufen lässt und Christin wird. Aus Wut und Hilflosigkeit sperrt er sie zunächst ›nur‹ in ein Turmverlies, damit sie sich eines Besseren besinnt. Die Reaktion der Tochter darauf? Sie lässt ein drittes Fenster in die Turmmauer brechen, damit die ganze Trinität, so sagt sie, – Vater, Sohn und Geist – von außen immer ihr Licht auf sie scheinen lässt. Flucht, Verrat und anschließende erneute Verhaftung führen schließlich dazu, dass – und zwar auf ausdrücklichen Wunsch des Vaters – der römische Statthalter Marcianus sie zu schwerster Folter und Tod verurteilt.

Ebendieser Märtyrertod mitsamt der mit ihm verbundenen Wunder machen Barbara aber erst eigentlich bekannt. Schon im Gefängnis heilen die ihr zunächst zugefügten Wunden durch eine Erscheinung Christi auf wundersame Weise, ein Felsspalt öffnet sich als Freiheitsweg noch einmal für kurze Zeit. Wieder festgesetzt verfängt sich auf ihrem Weg zum grausamen Ende ein Kirschzweig in ihrem Kleid, den sie an ihrem letzten Lebenstag in ihrer Zelle mit den Worten ins Wasser stellt: »Du scheinst tot, lieber Zweig, aber du wirst zu einem schöneren Leben aufblühen. Auch mein Ende wird der Anfang eines ganz neuen Lebens sein.«

Das hörten die Menschen. Das verstanden die Arbeiter in den Höhen und Tiefen. Das wollten sie festhalten in Reliquienschreinen, Bildern und Symbolen wie Turm und Fackel und Bergwerkzeugen. »Ist die heilige Barbara da, ist Trost und Hilfe schon recht nah.«

Unter den vielen Erinnerungsbräuchen wie etwa dem Bärbeltreiben im Oberallgäu, bei dem verkleidete Frauen Äpfel und Nüsse an Kinder verschenken, hat sich aber bis heute vor allem der Brauch erhalten, am 4. Dezember Zweige ins Wasser zu stellen, die am Heiligabend ihre Blüten öffnen – Symbol des Lebens mitten in Dunkelheit und Kälte. »Geh in den Garten am Barbaratag. / Geh zu dem kahlen Kirschbaum und sag: / Kurz ist der Tag, grau ist die Zeit. / Der Winter beginnt, der Frühling ist weit. / Doch in drei Wochen, da wird es geschehen: / Wir feiern ein Fest, wie der Winter so schön. / Baum, einen Zweig gib du mir von dir. / Ist er auch kahl, ich nehm' ihn mit mir. / Und er wird blühen in seliger Pracht / mitten im Winter in der heiligen Nacht«, dichtete Josef Guggenmos.

Wenn auch Sie heute Zweige ins Wasser stellen, dann achten Sie bitte darauf, die Enden frisch anzuschneiden, sie nicht sofort der Wärme auszusetzen und immer wieder frisches Wasser zuzugeben. Dann dürfte auch Ihrem Blühwunder zum Christfest nichts mehr im Weg stehen. Wachsendes Blühen gegen die Befürchtungen des Tages. Gilt nicht nur für Steinmetze, Elektriker, Geologen und Glöckner.

Denn gefährdetes Leben von uns allen braucht Hoffnungsbilder, tröstende Symbole, Vorbilder, die sich von all den vielfältigen Bedrohungen gerade nicht einschüchtern und auf einen weniger ängstlichen Tag hoffen lassen. Wie die Geschichte der tapferen Namensgeberin dieses Tages.

5

Tommy Wieringa

Synästhesie

Ich bin in der Stadt, als es zu schneien beginnt. Es ist der zweite Weihnachtsfeiertag, im Licht der Straßenlaternen scheint es, als ob Asche aus dem Himmel rieselt. Es wird nach und nach immer mehr, ich bin allein auf der Straße, die Menschen sind alle zu Hause oder in Lokalen. Ich strecke meine Zunge heraus, um eine Schneeflocke zu fangen, und erinnere mich an Weihnachstage vor einigen Jahren.

Ich war sehr verliebt. In den Stunden vor Heiligabend spazierten wir den Catherijnesingel in Utrecht entlang, als es zu schneien begann. Es waren so große Flocken, dass man mit bloßem Auge die Kristallstrukturen sehen konnte. Wir streckten unsere Zunge heraus und fühlten die prickelnde Kälte und das Schmelzen der Flocken. Es schien große Bedeutung zu haben, dass auf einmal alles nach Erdbeereis schmeckte. Der Schnee und die Luft, die ich einatmete: alles Erdbeereis. Ich hatte vorher noch nie erlebt, dass Glück einen Geschmack haben kann.

Darüber, über die Frau, den Schnee und den Geschmack von Erdbeereis, versuchte ich ein Gedicht zu schreiben. Ich habe lange daran gearbeitet, es von allen Seiten betrachtet, gehofft auf so etwas, was man die »Patina der Zeit« nennt, einige Male hab ich es weggeworfen und es aufs Neue versucht, aber es wollte nie wirklich gelingen. Das gnadenhafte Erlebnis von Erdbeereis war nicht übersetzbar. Selbst als die Frau mich wieder verließ, wollte sich keine Melancholie oder Bitternis einstellen.

6

Claire Beyer

Das ist das Haus vom Nikolaus

Konrad Winter, der pensionierte Mathelehrer, mochte die kalte Jahreszeit. Geradezu euphorisch aber stimmte ihn der Dezember mit seiner Festzeit. Kaum dass der Monat begonnen hatte, kümmerte er sich um die vorweihnachtliche Dekoration seiner ansonsten karg und nüchtern eingerichteten Wohnung. Die Hingabe, die er dabei an den Tag legte, erstaunte ihn selbst ebenso sehr wie die Blumenfrau am Marktplatz, bei der er den Rest des Jahres als Kunde eher selten auftrat. Jetzt schmückten Tannen- und Mistelzweige die hohen Räume, Schwibbögen standen an den Fenstern, und das alte, in einem Antiquitätenladen erstandene Kerzenkarussell drehte sich leise klingend ohne Unterlass auf der Kommode. »Muss was mit meiner Kinderzeit zu tun haben, diese Weihnachtsbegeisterung«, dachte er zuweilen, wenn er all die Schmuckstücke betrachtete, ohne die verborgenen Ursachen seines Verhaltens genauer erforschen zu wollen. Viel lieber war es ihm, jedes Jahr eine neue Kostbarkeit zu erstehen, mal Besinnliches oder auch Fröhliches, mal Originelles, jedenfalls etwas Festliches.

Wie an jedem anderen Adventsabend zündete er, kaum dass es dunkel geworden war, die im Wohnzimmer großzügig aufgestellten Kerzen an, freute sich an ihrem warmen Licht und trat ans Fenster. Seit er sie ausgesprochen hatte, plagte ihn die Bitte des Bürgermeisters, am Nikolausabend im Weihnachtsmannkostüm vor den Geschäften am Marktplatz aufzutreten, den Kindern kleine Geschenke zu überreichen und ihnen an diesem Tag Schutzpatron zu sein. Weshalb der Mann gerade auf ihn gekommen war, entzog sich jeder Logik. Prüfend betrachtete er sein Gesicht in der spiegelnden Scheibe. Nichts darin erinnerte ihn an das klassische Bild vom Nikolaus, wie es jeder kennt. Rein gar nichts. Allein deshalb dachte er daran, die Bitte rundweg abzuschlagen. Verkleidung ist Lüge! Diese Meinung hatte er schon als Lehrer vertreten und strikt von seinen Schülern gefordert, zu ihren Fähigkeiten zu stehen und sich nicht hinter Masken zu verstecken. Andererseits lieben es Kinder, Schauspielern zuzusehen und selbst Theater zu spielen. »Weil Illusion die Prosa des Lebens ertragen hilft«, hatte ihm eine alte Kollegin geantwortet, als er um Rat wegen des Nikolausauftritts fragte: »Konrad, du liebst es, dass sich die Welt farbig präsentiert, aber du willst kein Teil ihres Spektakels sein. Ein wenig feige, oder?!«

Zwei Tage später war es so weit. Konrad verließ nach dem Mittagessen seine Wohnung und lief zögerlich über den angrenzenden Marktplatz. Als ginge es um eine kleine Reise, hatte er sich in jede seiner Taschen noch Mandarinen als Wegzehr gesteckt. In der Boutique am Eck dann wurde er von zwei Vertreterinnen des Handels- und Gewerbevereins unter die Fittiche genommen und in einen roten Mantel gesteckt. Er wurde geschminkt, bekam weiße, buschige Augenbrauen und einen langen, weißen Bart angeklebt. Als er sich schließlich im Spiegel betrachtete, sah er darin nicht mehr den pensionierten Lehrer Konrad Winter, sondern einen Nikolaus, wie er echter nicht sein konnte. Fast ehrfürchtig neigte er den Kopf vor seiner eigenen Erscheinung.

Dann war er bereit, und als er hinaustrat, begann es, als wolle ihn der Himmel unterstützen, ein wenig zu schneien.

Nicht lange, und die ersten Kinder näherten sich zaghaft. Die Kleinsten drückten sich an ihre Mütter, ältere kamen allein, und wieder andere hatten offenbar ihre Väter dazu überreden können, sie zu begleiten. Für jeden gab es etwas aus dem großen Sack, und ganz Mutige sagten Gedichte auf. Aber wie eine Insel zog das Geschehen auch Erwachsene an und zauberte ihnen ein Lächeln ins Gesicht. Selbst jene, die sonst eilig den Platz überquerten, blieben stehen und betrachteten die Szenerie. Der Marktplatz wurde mit Erinnerungen gefüllt, mit denen, die vorhanden waren, und denen, die gerade entstanden.

Es war schon gegen Ende seines Einsatzes, als Konrad zwei Kinder auffielen, die, obwohl sie ihre Geschenke längst bekommen hatten, noch immer um ihn herumschlichen. Sie rückten näher und näher heran. Ein Mädchen von vielleicht elf oder zwölf und an ihrer Hand ein kleiner Junge, der knapp fünf Jahre alt sein musste. Vermutlich Geschwister, dachte Winter, die Gesichter der beiden betrachtend. Irgendwann, als es ruhig geworden war, sprach ihn das Mädchen an: »Du bist doch gar kein Nikolaus! Den gibt es nämlich nicht!« Der Kleine stand daneben und starrte auf seine Stiefelchen.

Dieser frontale Angriff verwirrte Winter. Da er nichts entgegnen konnte, tat er so, als habe er nichts gehört, forderte die beiden stattdessen auf, nach Hause zu gehen, es sei schon spät geworden, auch er müsse jetzt aufbrechen. Der Kleine zerrte augenblicklich am Anorak der Schwester, die aber rührte sich nicht von der Stelle. Dann eben ich, entschied Winter, machte kehrt und betrat nachdenklich die Boutique; es war nun wirklich an der Zeit, den Auftritt, der ihm im Laufe des Nachmittags fast zur Passion geworden war, zu beenden. Aber als Konrad sich zur Umkleide begeben wollte, sah er aus den Augenwinkeln, dass die beiden ihre Nasen am Schaufenster plattdrückten und ihn beobachteten. Dabei rührte ihn besonders das Gesicht des Kleinen, der offensichtlich seiner naseweisen Schwester nicht zu glauben schien und den Nikolaus hoffnungsvoll und mit großen Augen anstarrte. Konrad Winter überlegte angestrengt, griff nach einer Mandarine und nahm schließlich nur seinen Hausschlüssel an sich. Ohne sich umzuziehen verabschiedete er sich vom Besitzer und verließ die Boutique in voller Nikolausmontur. Die Kinder, die ihn die ganze Zeit nicht aus den Augen gelassen hatten, traten einen Schritt zurück. Doch falls Konrad gehofft hatte, jetzt unbemerkt nach Hause zu kommen, sollte sich das als Irrtum erweisen. In der Mitte des Platzes, dort, wo die große Tanne stand, stellte er fest, dass ihm die beiden in einem etwas größeren Abstand noch immer folgten.

»Was mache ich, was mache ich jetzt nur?« schoss ihm durch den Kopf, ständig die vertrauensvollen Blicke des Kleinen vor Augen. »Das hätte ich mir ja denken können! Niemals hätte ich mich darauf einlassen dürfen.«

Er umrundete den Weihnachtsbaum in immer engeren Kreisen, wobei die Kinderaugen jeden seiner Schritte verfolgten. Wie ein Tiger im Käfig fand er sich in seiner Rolle gefangen und unfähig, klare Gedanken zu fassen, nahm er Nebensächliches dankbar wahr. Menschen, die ihm zuwinkten, Tauben, die auf den Kopfsteinpflastern nach Krümeln pickten, eine getigerte Katze, die lauernd den günstigsten Moment abwartete, sich einen der Vögel zu schnappen, die Rathausuhr, deren Zeiger laut vorrückten, die handgeschnitzte Eule vor dem Blumengeschäft. Und plötzlich, als hätte ihm jemand die Lösung zugeraunt, hielt er ein; sein Haus ... sein Haus war doch ... an diesem Abend *das Haus vom Nikolaus.*

Entschlossenen Schrittes ging er auf die beiden Kinder zu und sprach sie mit tiefer Stimme an: »Hört, ihr zwei! Ich muss noch einen Besuch machen«, wobei er auf sein Wohnhaus zeigte, »um dort einem kranken Kind ein Geschenk zu bringen. Dann werde ich meine Rentiere einspannen, die schon auf mich warten«, dabei deutete er auf das flache Hausdach, »um mit ihnen nach Lappland zu fliegen. An einem geheimen Ort haben meine treuen Helfer, die Engelchen, bereits wieder einen neuen Jutesack gefüllt!« Das Mädchen schüttelte den Kopf, der kleine Bruder dagegen strahlte den Nikolaus aufgeregt an, als wäre er ohne jeden Zweifel überzeugt, an etwas Wunderbarem teilhaben zu dürfen.

Ohne die Kinder weiter zu beachten, verschwand Winter hastig im Haus, wobei er die Tür kräftig hinter sich zuzog. Noch auf der Treppe riss er den angeklebten Bart und die Augenbrauen aus Watte herunter und schlüpfte, kaum in seiner Wohnung angekommen, aus dem Mantel und den schweren Stiefeln. Er wollte nur noch für sich sein. Aber als er ans Fenster trat, um die Vorhänge zu schließen, sah er die beiden Kinder noch immer auf dem fast menschenleer gewordenen Marktplatz stehen. Sie froren sichtlich, bewegten sich aber nicht von der Stelle.

Konrad holte seinen Anorak, verstaute die Nikolausutensilien im Schrank, und als er bald darauf die Stufen hinabstieg, erinnerte seine Erscheinung nicht mehr an einen Weihnachtsmann. Dennoch ging er geradewegs auf die beiden zu und sprach sie an: »Es ist spät, ihr friert, geht nach Hause, Kinder, der Nikolaus musste weiter, das seht ihr doch ein?« Der kleine Junge griff mit einer eiskalten Hand nach ihm. Das Mädchen dagegen behielt die Arme um sich geschlungen, und ihre Antwort kam fast trotzig: »Eh keiner da.«

»Na gut«, erklärte Winter bestimmt, »gehen wir zu mir, ihr wärmt euch bei einer Tasse heißer Schokolade auf, und dann bringe ich euch nach Hause.«

So saßen ein pensionierter Mathelehrer und zwei Kinder in einer weihnachtlich geschmückten Wohnung, deren Pracht unvermittelt einen Sinn erhalten hatte, tranken heiße Schokolade, erzählten voneinander und lachten zusammen.

Später, vor dem elterlichen Haus, verabschiedete er sich von ihnen. »Ihr seid mir jederzeit willkommen«, sagte er und war schon wenige Schritte gegangen, als er die Stimme des Mädchens hörte, das sich nicht bemühte, leise zu reden: »Ich glaube, es gibt ihn doch, den Nikolaus!«

7

Rotraut Susanne Berner

Weihnachten von A bis Z

… ach, am Abend Äpfel braten,
backen, basteln, Christbaumschmuck!
Durch die Dämmrung eilen Engel,
Esel, Eisbärn, einsam frierend.

Fette Gänse gackern herdwärts,
heimlich im Innern ist jedermann jung,
jauchzet, jubelt, jonglieret Kometen,
knistert, knetet, knabbert Konfekt.

Kinder lassen Lichter leuchten,
lauschen Liedern, lesen lange;
mollige Mädchen mahlen Mandeln,
mischen Mehl mit Marzipan.

Mit Naschwerk nahet nächtens Niklas,
netten Nachbarn, Neffen, Nichten,
Nüsse, Nougat offerierend.
Onkel, Omas, packen Päckchen,

pralle Postgebäude platzen,
Paten plündern Portemonnaies,
pfänden Perlen, Pelz, Paläste –
Quanti-, Quali-, Raritäten!

Rastlos rennen Rauschgoldengel,
Schneemann, Söhne, Schwiegermütter,
Tanten, Tannen und Verwandte,
Väter, Vettern, Weihnachtsmänner.

Wünsche werden wieder wahr,
weiße Weihnacht, X-mas yeah!
Zwischen zerdrückten Zuckerplätzchen
zuletzt Zweifel, Zahnweh – ach …

Joseph von Eichendorff

Weihnachten

Markt und Straßen stehn verlassen,
Still erleuchtet jedes Haus,
Sinnend geh ich durch die Gassen,
Alles sieht so festlich aus.

An den Fenstern haben Frauen
Buntes Spielzeug fromm geschmückt,
Tausend Kindlein stehn und schauen,
Sind so wunderstill beglückt.
Und ich wandre aus den Mauern
Bis hinaus ins freie Feld,
Hehres Glänzen, heilges Schauern!
Wie so weit und still die Welt!

Sterne hoch die Kreise schlingen,
Aus des Schnees Einsamkeit
Steigt's wie wunderbares Singen –
O du gnadenreiche Zeit!

8

Mick Fitzgerald

Altes Geld

An der Ecke Brunswick Street wurde der Mann gerade in den Krankenwagen gebracht, als Pauline Wiseman dort ankam. Sie war im Moment in Gedanken verloren gewesen, an eine Brunswick Street, die sie zuletzt gesehen hatte, ehe sie zwanzig Jahre zuvor nach Deutschland gegangen war, um zu heiraten.

Jetzt stand sie da zwischen alten Männern, Kindern und Weihnachtsdekorationen und sah, wie dem Mann in den Wagen geholfen wurde. Sie warf einen kurzen Blick auf sein Gesicht, während ein Polizist die Leute zum Weitergehen aufforderte. Hatte sie den Mann schon einmal gesehen? Wahrscheinlich nicht.

Der Bus Nr. 39 fuhr langsam vorbei, am Schauplatz stiegen Fahrgäste aus. Schneeregen setzte ein, als Pauline dem Bus nachsah, der sich von den stehengebliebenen Menschen entfernte, und sie sah sich selbst, vor so vielen Jahren, in ihrer schlecht sitzenden Uniform, bei dem Versuch, das Fahrgeld von den Schulkindern einzusammeln, ehe die lärmend und lachend vor der Brunswick-Street-Schule ausstiegen.

Der Polizist hielt den Verkehr an, und der Krankenwagen fuhr los. Wo hatte sie dieses Gesicht schon einmal gesehen? Es war der Zigarettengeruch, der die Erinnerung zurückbrachte.

Die siebziger Jahre. Der Bus Nr. 39 fuhr an einem verregneten Abend die Manor Street hoch in Richtung Brunswick Street. Sie arbeitete als Schaffnerin. Es war zur Hauptverkehrszeit, und der Zigarettenrauch stand vor ihr wie Nebel, als sie nach oben ging, um auch dort Fahrkarten zu verkaufen.

Der Regen prasselte gegen die Busfenster wie in einem manischen Trommelwirbel, und in der Luft hing der Geruch der nassen Mäntel und Mützen. Gleich darunter lag der Zigarettengeruch.

Sie hörte das übliche laute Geplauder, das Rascheln von Zeitungen, lachende Kinder. Sie reichte gerade jemandem Fahrkarte und Wechselgeld und wollte schon weitergehen, als sie merkte, dass ihr etwas hinuntergefallen war, und zwar keine Fahrkarte. Sondern eine Ein-Pfund-Note. Sie schaute sich um und sah aus dem Augenwinkel, wie ein Fuß sich in den Mittelgang und über den Geldschein schob. Sie wusste, dass es ein Pfund war, und jetzt würde sie nach Feierabend, wenn sie das eingenommene Geld aushändigte, ein Pfund von ihrem eigenen Geld dazulegen müssen. Es sei denn, natürlich, der Mann gäbe ihr den Schein zurück. Sie wusste, wer ihn aufgehoben hatte, aber dann würde Aussage gegen Aussage stehen. Sie ging zu seinem Platz und sah ihn an, aber er lächelte nur. Er war Mitte zwanzig und so unschuldig wie ein Regentag. Sie konnte nichts sagen, er hätte sie in Grund und Boden geredet.

Er stieg in der Brunswick Street aus dem Bus und wünschte ihr und dem Fahrer »noch einen schönen Abend«. Sie dachte, dass er in seinem Leben nur noch Unglück erleben würde. Sie gab sich alle Mühe, das nicht zu wünschen. Der Mann verschwand im Regen, und der Bus fuhr weiter.

Jetzt, als sich der Krankenwagen in Bewegung setzte, sah sie einen Mann im Weihnachtsmannkostüm neben ihr stehen, der gerade seinen Sack packen und weitergehen wollte. »Was ist passiert?« fragte sie. »Na ja, eins von den Kindern hat gesagt, er habe einen Geldschein auf der Straße liegen sehen, und er lief hin und wollte ihn aufheben, aber der 39er-Bus kam auf dem Weg zurück ins Depot um die Ecke und hat ihn angefahren. Das war also doch nicht sein Glückstag. Aber ihm ist nicht viel passiert. Vor allem der Schock«, antwortete der Weihnachtsmann.

Na, dachte Pauline, so kommt eben alles wieder zurück.

9

Franz Hessel

Geschichte des alten Mädchens

Ich hätte eigentlich den Heiligen Abend bei meiner verheirateten Schwester verbringen sollen wie sonst. Da sind Kinder, da ist ein Christbaum. Aber mit einmal konnte ich nicht. Ich konnte nicht mehr. Es ging nicht. Ich hab' sagen lassen, ich sei krank. Nun werden sie morgen zu mir kommen und sich freuen, dass ich mich so schnell erholt habe. Warum es nicht ging?

Als kleines Kind – ich war das Jüngste – wurde ich, wenn es zur Bescherung klingelte, vom Vater aus dem Kinderzimmer geholt, ging an seiner Hand durch ein dunkles Zimmer, und im nächsten, dessen Tür halb aufstand, war Kerzenlicht. Nie wieder habe ich solche Freude empfunden wie in diesen paar Augenblicken in dem dunklen Zimmer. Es waren gar nicht die Geschenke, auf die ich mich freute, es war vielleicht dieser Kerzenglanz. Aber ihm entgegenzugehn war noch schöner als nachher ganz nah bei ihm, in ihm zu sein.

Oder habe ich die große Freude unterm Baum vergessen? Vergisst man die ganz großen Freuden? Wenn ich an die Weihnachten meiner Kindheit denke, bin ich immer in dem dunklen Zimmer an meines Vaters Hand.

Er nahm mich sonst selten an der Hand. Mit den andern, den Jungen und meiner Schwester, war viel mehr anzufangen. Ein Nesthäkchen bin ich nicht gewesen, obwohl ich das Jüngste war. Meist trug ich die abgelegten Kleider meiner Schwester; sie wuchs so schnell heraus. Ich blieb lange klein. Und als ich einmal ein eigenes, ganz neues Kostümchen bekam, war mir gar nicht gut darin. Die Mutter fragte:

»Freust du dich denn gar nicht über dein neues Kleid?« – »Ja, Mutter«, sagte ich und wollte in die Hände schlagen, aber es glückte nicht.

Meine Schwester hab' ich immer sehr lieb gehabt und auch die, die sie lieb hatten. Als wir aus dem Spielalter heraus waren und Tanzstunde hatten – wir hatten zusammen Tanzstunde und ich war wohl noch ein bisschen zu jung dafür, ich hatte noch nicht so die richtige Freude daran. Sie verstehn –, da war ich so gern dabei, wenn sie mit einem unsrer Primaner oder Studenten die Gesellschaft verließ. Sie hatte auch anfangs nichts dagegen. Nur schickte sie mich meistens nach einer Weile fort und sagte mir, wann ich wiederkommen sollte. Inzwischen hab' ich für die beiden aufgepasst – na ja unsre Kleinstadt! –, es war schön allein zu sitzen auf einer Wiese etwa und an sie und ihn zu denken, wohl eigentlich mehr an sie. Einer war unter den jungen Leuten, den hatten wir beide besonders gern, und ich glaubte, sie würde ihn heiraten, aber daraus ist nichts geworden. Er war zu mir immer besonders aufmerksam. Damals schenkte man sich noch Goldschnittbücher bei uns. Ich habe noch ein Bändchen *Waldmeisters Brautfahrt* von ihm. Das bekam ich, als er meiner Schwester den *Trompeter von Säckingen* brachte. Lang ist das her. Und nun denken Sie, diesen Jungen, der inzwischen weit in der Welt herumgekommen ist, den hab' ich vor ein paar Tagen wiedergesehn. Er ist hier bei Verwandten zu Besuch, der Junge, der inzwischen ein älterer Herr, Doktor und Diplomat, geworden ist. Ich traf ihn auf der Straße, bevor er zu meinen Leuten gekommen ist. Er nahm mich am Arm, mich altes Mädchen. Wir gingen die kleinen Gassen am alten Domplatz hinauf und herunter. Er erzählte und erzählte – nun, das kann Sie nicht interessieren –, aber er erkundigte sich gar nicht nach meiner Schwester. Erst ganz zuletzt. Als er dann fragte: »Wann darf ich Sie wiedersehn?«, da sagte ich: »Kommen Sie nicht zu Erna?« Da erst fing er an, sich zu erkundigen nach dem, was er noch nicht von ihr wusste, fragte nach den Kindern und ihrem Mann. Und dann ist er bei ihr gewesen, und es wurde verabredet, er solle am Heiligen Abend bei uns sein. Denn seine Leute machten eine Skitour, und denen wollte er erst am Sonntag nachreisen. Am Ende liebt sie ihn doch noch, dachte ich, dass sie ihn zum Heiligen Abend zu kommen bittet. »Du freust dich doch gewiss sehr, wenn der Doktor Decker Weihnachten zu uns kommt?«, fragte mich meine Schwester und sah mich groß und etwas – komisch an. »Und du?«, sagte ich. »Na gewiss freut's mich. Wir haben ein langes Gespräch gehabt über dich.« – »Über mich?« Sie küsste mich wie als wir Kinder waren, indem sie mir beide Ohren zuhielt und den Kopf in den Nacken drückte. »Ach Liesl, Liesl Warteweilchen«, sagte sie dann und lachte lustig. So nannte sie mich oft, und das hieß unter uns etwa, was man jetzt Liesl mit der langen Leitung nennen würde. Ich verstand nicht recht, warum sie so lieb und lustig mit mir war. Liebt sie ihn am Ende doch noch?, dachte ich.

Heute früh ist der Doktor Decker bei mir gewesen. Ich und meine kleine Stube, wir waren auf Besuch gar nicht gefasst. Erschrocken bin ich, als er mit seinem Blumenstrauß in der Tür stand. Und nun, denken Sie, nun hat er so herumgeredet; er wäre ja nicht mehr jung und er wüsste nicht, was ich wohl seither erlebt habe, aber da wir doch von Kindheit an gute Freunde seien – nun kurzum, es wurde ein regelrechter Antrag: Da, – da ist etwas eiskalt geworden in mir. Und mit einmal bin ich wütend gewesen auf das ganze Leben und auf meine arme Jugend. Na, wütend, das ist vielleicht zu viel. Ich wurde ganz still. Ich hätte gern geweint, aber es kamen keine Tränen. Er sagte: »Ich verstehe, Sie können sich nicht so schnell entscheiden, ich habe Sie überrumpelt, aber – « und da lächelte er und sah aus wie damals als Junge, wenn ich ihm auf Wiedersehn sagte und ihn mit meiner Schwester allein ließ. Er lächelte und sagte: »Aber heut' Abend unterm Christbaum sehn wir uns wieder.«

Und da habe ich denn, als ich allein war, nachgedacht, nachgefühlt, ob ich doch hingehn sollte. Ach vielleicht hätte meine Schwester es gern gesehn, wenn ich seinen Antrag angenommen hätte. Sie hätte mir vielleicht zuzureden verstanden, aber nein, dies abgetragene Kleid will ich nicht tragen, nein, dann will ich lieber in Lumpen gehen – «

Die kleine Frau sah erschrocken auf, so laut hatte die sonst so leise die letzten Worte gesprochen. »Oh, Gott«, sagte sie, »was geht das Sie an, meine Damen und Herren? Verzeihen Sie. Aber Sie werden vielleicht verstehen, dass ich heute Abend allein geblieben bin. Ach und so schön wie damals, als der Vater mit mir durchs dunkle Zimmer ging, kann Weihnachten wohl doch nie wieder sein. Gute Nacht.«

10

Vincent Klink

Merci Paris

Die Tage vor dem Fest, meiner Profession sei es geklagt, geht der Koch durch die Hölle. Gemildert wird dieses Inferno dadurch, dass ein Koch vor Weihnachten keine Zeit zum Geschenkekaufen findet, was auch allgemein akzeptiert wird. Kochen ist bestimmt nervenschonender, als in der Vorweihnacht einzukaufen. Und kleine Fluchten gibt es, sie müssen aber nicht immer gelingen.

Ein Wochenende in Paris, zum Beispiel. Mein Hotel nannte sich sinnigerweise »Hidden Hotel«, also »Verstecktes Hotel«, und befand sich in der Nähe des Triumphbogens. Um ins Zentrum zu gelangen, waren die Champs-Élysées kaum zu umgehen. Schlichte Gemüter mögen die weihnachtliche Ausschmückung dieser Straße als Nähe zum Paradies empfinden. Doch wer da nicht vom Glauben abkommt, der kann Himmel und Hölle wahrscheinlich nicht mehr unterscheiden.

Es ist Sonntag, und die beginnende Dämmerung steigert den Lichterglanz, der sich in hohen Bögen über die fußballfeldbreite Straße spannt. Alle Niedervoltbirnchen, die China je produziert hat, scheinen sich hier ineinander verschlungen zu haben. Darunter auf dem Pflaster quetscht sich eine Menschelei, die meine Frankophilie gehörig durcheinanderrüttelt.

Auf der Höhe der Metrostation Roosevelt hat es auch einen Bandoneonspieler kalt erwischt, mit schwarzer Blindenbrille und der Signalbinde scheint er sich bei den Klängen der Melodie *Autumn Leaves* verirrt zu haben. Niemand hört hin, niemand wirft Geld, der Stoiker ›übersieht‹ dies generös. Doch beim Auftreffen meines Euros in seiner Pappschachtel zaubert der dumpfe Klang ein verzagtes Lächeln um seinen Mund.

Der Bettler saß wie ein Denkmal inmitten der Konsumhölle und mahnte mich, dass man hier nicht freiwillig verweilen sollte.

Ich schlage also einen rettenden Haken in die Avenue Matignon. Nach zweihundert Metern geht es rechts ab in die Rue de Faubourg Saint-Honoré. Wer sich auskennt und einen leeren Geldbeutel sein Eigen nennt, der sollte diese Gegend um den Élysée-Palast meiden. Normalsterbliche werden in den Schaufensterauslagen heftig darauf hingewiesen, dass sie arme Teufel sind. Dies wird auch der Grund sein, warum sich hier keine Leute auf die Füße treten. Die Gegend wirkt schlicht und dabei so sophisticated, dass sich Weihnachtsdeko erübrigt.

Mich schmerzt der Fuß, das Wetter scheint sich zu ändern. Es ist schon kalt, und die vor Dekaden lädierten Grundfesten meines Körpers melden sich stechend. Mein Knöchel, dieses vom Wetterbericht nicht beeinflusste Barometer, sagt mir, dass Schnee fallen wird. Bald, vielleicht schon morgen. Nichts dagegen, vielleicht käme so viel vom Himmel, um den Verkehr lahmzulegen. Ein autofreies Paris kann ich mir sehr gut und angenehm vorstellen. Noch aber schneit es nicht, und ich hebe plötzlich ungeduldig die Hand, um ein Taxi zu stoppen. In Richtung des Chauffeurs röchelnd: »Ich muss ins Hidden Hotel in die Rue de l'Arc de Triomphe!« Das Hotel ist vom Fahrer kaum zu finden, und ich gebe hier und da gewisse Orientierungshilfen.

Dort angelangt, zwänge ich mich in den engen Aufzug und lege mich gleich aufs Bett, um zu grübeln. Paris ist zur Weihnachtszeit genauso X-Mas-bescheuert wie jede Großstadt in der westlichen Welt. Diese Feststellung hätte mir schon zu Hause einfallen können.

Trost können da nur zwei Dinge spenden. Das eine ist ein Restaurantbesuch. Diese Therapie funktioniert bei mir immer. Also träume ich mir aus, was wohl das »Restaurant Lassere« zum Abendmenü servieren wird. Die guten Restaurants in Paris haben mich schon vor manch unangenehmen Zeitläuften gerettet.

Die wirkliche Retterin meines Daseins war aber schon immer meine Frau. Ist sie bei mir, wünsche ich mir, allein zu sein, und bin ich alleine, sehne ich mich nach ihr. Dieses System, ähnlich einem Zweikomponentenkleber, funktioniert selbst am achtunddreißigsten Hochzeitstag noch. Und also wird sie in der nächsten Stunde mit dem TGV eintreffen. Mit Glanz in den Augen sehe ich diesem Abend entgegen.

Alleine essen, unter Selbstgesprächen zu löffeln und in sich reinzuschieben kann sehr erholsam sein, aber das Wahre ist es nicht! Sie kennen die Kellner-Anekdote: Ein Servierfräulein beobachtet einen Gast, der ständig mit seinem Teller redet. Der Mann zerlegt eine Seezunge und spricht mit ihr in einem fort. Irgendetwas stimmt nicht, und die Servicefrau geht der Sache nach: »Mein Herr, ist mit dem Essen etwas nicht in Ordnung?« – »Nein, nein, alles wunderbar«, entgegnet der Gast. »Na ja, der Fisch ist nicht optimal frisch, aber sehr gut gebraten. Ich habe die Seezunge gefragt, ob sie meinen Bruder gesehen hätte. Wissen Sie, mein Bruder arbeitete bis vor zwei Jahren auf einem Fischkutter im Ärmelkanal. Damals ging das Schiff im Sturm unter, und er ertrank. Tja, und die Seezunge sagte mir gerade, dass sie meinen Bruder nicht gesehen habe, denn sie sei hier in diesem Betrieb schon seit drei Jahren eingefroren.« Die Serviererin schweigt betreten und bringt dem Gast unaufgefordert nach dem Abräumen ein großes Glas Calvados.

Und dann klopft es an der Tür, und ich werde aus meinen Träumereien katapultiert. Das friedliche Zimmer steht unvermittelt unter Strom. Meine Frau könnte man auch Madame 1000 Volt nennen. »Nein, in dem Fliespullover gehst du mir nicht aus dem Haus. Jackett und Krawatte, hier!« Sie reicht mir den Strick, bei dessen Anblick ich schon Schweißausbrüche bekomme. Madame macht sich im Bad frisch und kräht: »Ein kleineres Hotel konntest du wohl nicht finden, ich krieg hier Platzangst.« Ich entgegne schleppend: »Gleich sind wir ja im Lassere, und ein Glas Champagner wird deine Welt bestimmt weiten!«

So war es dann auch. Nach dem Aperitif wurde eine Flasche Chambolle Musigny ausgeschenkt. Makkaroni mit Trüffelleber dazu gereicht. Langoustinen mit Gemüseperlen in Orangen-Nage leiteten zur Ente über, die, am Tisch tranchiert, von einer Flasche Bordeaux Sociando Mallet begleitet wurde. Die Ente mit den berühmten Pommes Soufflés.

Essen ist wunderbar friedensstiftend und in dieser gehobenen Art alles andere als alltäglich. Mit meiner Frau zusammen wird dies aber alles noch schöner. Gestehen muss ich, dass jeder zusätzliche Mitesser mich überbeansprucht, denn ich esse immer dasselbe, was meine Frau bestellt. Und beide haben wir einen ganz einfachen Geschmack, Hauptsache, es ist richtig gut.

Ich schiebe noch ein köstliches Dessert nach und spüre es mit Macht. Ich fühle, es ist alles gut, spüre es deutlich: Ich bin höchst angenehm weihnachtumnachtet. Merci Paris!

11

Catherine Hoffmann

Ihr Kinderlein kommet …

Wenn das Krippenspiel zu Ende geht, wenn die kleinen Engel und Hirten in der von Kerzen beleuchteten Kirche wie auf einem Gemälde von Raffael die Heilige Familie umringen, wenn der Chor »Stille Nacht« singt und alles eitel Weihnachten ist, neigt sich unser Pfarrer jedesmal zu mir herüber und raunt:

»Werden Sie das Spiel auch nächstes Jahr wieder einstudieren?« Dann murmle ich: »Natürlich.« Wer könnte schon Nein sagen in einem solchen Augenblick …

Eine Viertelstunde später nehme ich kreischenden Engeln die Flügel ab und stöhne: »Wie konntest du bloß!« Aber da ist es zu spät. Jetzt kann ich mein Wort nicht mehr zurücknehmen.

Der Tag der Generalprobe für das große Ereignis ist anscheinend immer der kälteste Sonnabend, den der Wettergott auf Lager hat, und gewöhnlich bringt der Kirchendiener den Ofen nicht an. Den Hirten ist das einerlei. Die schwitzen sogar, denn sie werden nicht müde, einander mit den Krummstäben beim Kragen zu nehmen. Aber die kleinen Engel, die mit bloßen Beinen und roten Nasen in ihren dünnen Hemdchen bibbern und darauf warten, dass sie ihre Cherubsflügel angemessen bekommen, haben nichts zu lachen.

Nach stundenlangen Proben drängen sich die Kinder in langer Reihe aus dem Gemeindehaus und nicken nur noch zu den Anweisungen, die ihnen nachhallen. »Josef, denk daran, dass du keine hellen Schuhe anziehen sollst! Und dass mir alle Engel in weißen Kleidern kommen! Weihrauchkönig, vergiss die Fahrradpumpe nicht, sonst haben wir keinen Blasebalg! Kommt rechtzeitig, Punkt drei!«

»Punkt drei« wird es nur allzu rasch, wenn man den halben Tag damit zubringt, die Krippe mit einer indirekten Beleuchtung auszustatten, ohne das Heu in Brand zu stecken. Man kann wetten, dass die beiden vordersten Engel in dunkelblauen Nickis aufkreuzen (»Wir waren zum Essen bei unserer Oma und konnten uns nicht mehr umziehen«). Abhilfe: Zwei kleine Mädchen, die weiße Kleider und Unterwäsche anhaben, müssen sich von ihren Petticoats trennen. Josef kommt natürlich in hellen Schuhen. Freudestrahlend gibt er zu, dass es seine Schuld ist, erbietet sich aber, in Strümpfen zu laufen. Man muss noch froh sein, wenn die Socken heil sind. Wenn nicht, ist es das Einfachste, dem Bengel mit dem angekohlten Korken für die Bärte der Heiligen Drei Könige die Füße schwarz zu machen.

Um halb vier wimmelt das Gemeindehaus von Hirten, die ihre Krummstäbe ineinanderhaken. Die Weisen aus dem Morgenland bemühen sich eifrig, den Weihrauch zu entzünden (leider ist er feucht, weil er den ganzen Sommer im Keller gelegen hat), während vier Engel auf einem Klavier »Stille Nacht« und »Hänschen klein« spielen. Die Maria hat sich ihre herrlichen blonden Zöpfe abschneiden lassen, und es gibt einen kleinen Aufruhr, bis ihre Frisur wieder ein biblisches Aussehen hat.

Einer der Hirten steckt die Nase zur Tür herein und ruft: »Die ganze Kirche ist schon voll! Oh, hab' ich einen Bammel!« Den Engeln werden die Knie weich, ein paar laufen sofort auf die Toilette. Eine Mutter, die gerade einen Heiligenschein ansteckt, muss alles stehen und liegen lassen, weil die Kinder jemand brauchen, der ihnen mit den Flügeln hilft. Balthasar wird mit seiner Schärpe nicht fertig, und Melchior lamentiert, weil ihm das Gesicht von der Behandlung mit dem Korken brennt. Der Korken war wirklich noch ein bisschen heiß. Ein Hirt wird bleich, setzt sich und jammert: »Ich muss mich übergeben …«

Inzwischen hat die Orgel schon eingesetzt. Sie spielt »Ihr Kinderlein kommet …« Vorbei ist es mit dem Gekicher und Geschubse. Mäuschenstill und mit großen Augen stehen die Kinder da. Es kann losgehen. Als sich der Chor in Bewegung setzt, huschen Maria und Josef in seinem Schutz auf ihre Plätze neben der Krippe. Im letzten Augenblick hat der Weihrauchkönig mit ein paar kräftigen Pumpenstößen die Glut entfacht. In Schwaden dringt der würzige Rauch in die Kirche.

Andächtig ziehen die Engel durch die Kirche und wispern: »Drei Bänke Abstand hat sie gesagt. Kommt nicht mit den Flügeln an die Kerzen!« Die Hirten sind mit ihren langen Gewändern gut die Stufen zum Altarraum hinaufgelangt und starren in das Dunkel, aus dem die Heiligen Drei Könige kommen müssen.

»Herbei, o ihr Gläubigen, fröhlich triumphierend …«

Das sind keine gewöhnlichen Kinder mehr, die mit hausgeschneiderten Kostümen in einer kleinen Pfarrkirche ein Spiel von Christi Geburt aufführen! Die kleinen Gesichter verklärt das gleiche ehrfürchtige Staunen, das auch in den Augen der Menschen damals an der Krippe von Bethlehem geleuchtet haben muss. Vergessen ist der Wirbel und der Trubel der Vorweihnachtszeit. Das hier ist der Sinn des Ganzen. Das ist wirklich Weihnachten.

12

Stefan Albus

Geschenke, Geschenke

Die Antwort auf die Frage, wann das erste Weihnachtsgeschenk der Weltgeschichte den Besitzer gewechselt hat, dürfte zu denen gehören, die für uns Menschen ewig im Dunklen bleiben wie zum Beispiel die nach der Farbe des Urknalls oder ob *Caesar* im alten Rom *Zehsar* oder *Kähsar* ausgesprochen wurde. Entsprechend unbeantwortet wird diejenige nach der Natur des ersten Präsents bleiben müssen: Pfirsich, Faustkeil, Kettenhemd – wir wissen es nicht.

Dass wir einander hingegen ausgerechnet am Heiligen Abend beschenken, lässt sich womöglich sogar an einer Person festmachen: Vermutlich haben wir das nämlich keinem Geringeren als Martin Luther himself zu verdanken. Natürlich: Präsente zur Weihnachtszeit gibt's schon lange. Nur verteilte man die lange Zeit eigentlich am Nikolausabend. Aber da der Reformator mit Heiligen und deren Namenstagen bekanntlich wenig anfangen konnte, wahrscheinlich aber ein zu weiches Herz hatte, um seinen Kindern die netten Gaben gleich ganz zu verbieten, legte er *seine* Geschenke kurzerhand zu Weihnachten auf den Tisch

– und erfand obendrein noch das Christkind dazu, als eine Art Stellvertreterin des freundlichen, aber leider eben heiligen Mannes mit dem Geschenkesack.

Eigentlich eine gute Idee – wir finden sie ja heute noch prima, auch wenn die meisten es sich deshalb noch lange nicht nehmen lassen, am Nikolaus-Brauch festzuhalten. Sie warf allerdings ein neues Problem auf: Eigentlich sollte das Christkind seine Leckerchen erst *nach* dem mitternächtlichen Gottesdienst vorbeibringen. Ob Luther das Gequengel der müden, aufgeregten Kleinen in der Christmette genervt hat oder letztlich die jungen Mütter interveniert haben, die ihre Kids vertrösten mussten, weiß man nicht; jedenfalls zog man die schöne Bescherung kurzerhand auf den Abend vor. So kamen die Kinder trotz Weihnachten doch noch rechtzeitig ins Bett. Und aus der (wieder) stillen Nacht wurde der Heilige Abend.

Nun wird natürlich niemand behaupten, dass die Geschäfte zur Adventszeit nur von Protestanten bevölkert sind. Dass sich auch Katholiken und sogar Atheisten mit der Bescherung am 24.12. angefreundet haben, liegt nicht daran, dass irgendwann *alle* das tun, was *viele* machen – weshalb sich auch Anhänger anderer Religionen oft ganz selbstverständlich und fröhlich längst mit in den X-Mas-Trubel stürzen. Dass die Idee, sich ausgerechnet in der besinnlichen Weihnachtszeit mit der Jagd nach schnöden materiellen Dingen zu beschäftigen, letztlich nicht nur bei Protestanten auf fruchtbaren Boden fiel, hat noch andere Gründe. Schließlich legten ja auch die *Heiligen Drei Könige* dem jungen Herrn Jesus einiges in die Wiege – zwar eigentlich erst ein paar Wochen später, aber die Story ist im Matthäus-Evangelium nun mal fester Teil der Weihnachtsgeschichte, das passt also.

Wer als Erster auf den Gedanken gekommen ist, sich eins dieser nadelnden Ungetüme in die weihnachtliche Stube zu stellen, liegt im Dunkel der Geschichte. Er muss vor über 600 Jahren gelebt haben und dürfte nicht eben dumm gewesen sein – oder andersherum: Heute hätte er mit dieser Idee viel Geld verdienen können. Denn bei Weihnachten geht es schließlich um die Themen Geburt und (ewiges) Leben – und den Leuten inmitten der winterlichen Kahlnis eine Tanne als Symbol für Unsterblichkeit zu präsentieren, ist in etwa so genial, wie ein Pferd in das Markenzeichen eines Autoherstellers aufzunehmen. Damals war die Kirche dem Vernehmen nach allerdings gar nicht so arg glücklich mit ihrem neuen Markenzeichen – angeblich, weil die Leute die Idee am Ende *derart* einleuchtend fanden, dass sie irgendwann in Massen mit dem Beil in der Hand in die Wälder zogen und junge Tannen in die Dörfer schleiften. Der Kirche gehörte damals *viel* Wald …

Der *eigentliche* Grund dürfte aber gewesen sein, dass man in Bischofskreisen schlicht die Krippe für das passendere Weihnachts-Symbol hielt; deshalb kam in Rom auch niemand auf die Idee, aus der Not eine Tugend zu machen und selbst Bäume zu verkaufen. Schade: Man hätte sich den Ablasshandel und damit womöglich die Reformation ersparen können. Trotzdem: Tannenbäume passen *derart* gut zu Weihnachten, dass man sich fragen kann, was Familienväter mit ihrer Zeit angefangen haben, *bevor* es diese Ungetüme zu schmücken galt. Tatsächlich setzte man auch vor der Erfindung des Weihnachtsbaums auf Immergrünes, allerdings eher eine Nummer kleiner: Wer in Vor-Christbaum-Zeiten in X-Mas-Stimmung kommen wollte, hängte zum Beispiel Stechpalmen, Mistel- oder Eibenzweige auf. Die alten Römer griffen sogar zu Lorbeer, der pikt nicht und ist auch grün.

Apropos piken: Es ist eine der schönsten Paradoxien des Alltags, dass die *Nordmann-Tanne nicht* deshalb zum beliebtesten Advents-Begleitgrün der Deutschen zählt, weil sie an stolze Wikinger erinnert, sondern weil sie schlicht und einfach weniger pikt als andere Nadelhölzer – und damit den ungehobelten, langhaarigen Nordmännern, die Europas Küstenbewohner in Angst und Schrecken versetzten, kaum ferner stehen könnte.

Allerdings hat sie ihren Namen auch nicht von rauen nordischen Seeleuten, sondern von einem finnischen Botaniker namens *Alexander von Nordmann*, der in der ersten Hälfte des 19. Jahrhunderts bei einer Kaukasus-Expedition auf den Baum gestoßen ist. Der Baum hat also Glück, dass er nicht – zum Beispiel – von einem Entdecker namens *Aloisius von Narren* erstmals dokumentiert wurde – als Narren-Tanne hätte er auch mit butterweichen Nadeln keine Chance gehabt.

Der angeblich allerallererste deutsche Weihnachtsbaum soll Anno Domini 1419 in Freiburg aufgestellt worden sein. Er muss mächtig Eindruck gemacht haben: Seine Nachfolger wurden derart beliebt, dass sich ein Dichter namens *Melchior Frank* schon 100 Jahre später den Schlager *Ach Tannenbaum* abrang, aus dem nach Überarbeitung der Lyrics durch den Leipziger *Ernst Anschütz* der Weihnachts-Überhit *O Tannenbaum* (oder im Westfälischen: O Tannebaum) wurde, den, anders als *Stille Nacht, heilige Nacht*, heute sogar eingefleischte Atheisten voller Inbrunst mitschmettern können – und dies auch gerne tun.

13

Joachim Ringelnatz

Stille Winterstraße

Es heben sich vernebelt braun
Die Berge aus dem klaren Weiß,
Und aus dem Weiß ragt braun ein Zaun,
Steht eine Stange wie ein Steiß.

Ein Rabe fliegt, so schwarz und scharf
Wie ihn kein Maler malen darf,
Wenn er's nicht etwa kann.
Ich stapse einsam durch den Schnee.
Vielleicht steht links im Busch ein Reh
Und denkt: Dort geht ein Mann.

Christian Morgenstern

Die drei Spatzen

In einem leeren Haselstrauch
da sitzen drei Spatzen, Bauch an Bauch.

Der Erich rechts und links der Franz
und mitten drin der freche Hans.

Sie haben die Augen zu, ganz zu,
und obendrüber da schneit es, hu!

Sie rücken zusammen dicht an dicht.
So warm wie der Hans hat's niemand nicht.

Sie hör'n alle drei ihrer Herzlein Gepoch.
Und wenn sie nicht weg sind, so sitzen sie noch.

14

Selma Lønning Aarø

Hausarzt mit Nebenwirkungen

Zwei Dinge sind passiert, die mich zu dem Entschluss gebracht haben, im nächsten Jahr andere Saiten aufzuziehen. Das eine war, dass ich auf einer Weihnachtsfeier zu meinem Pech das Buch *Dein Hausarzt, ein Nachschlagewerk von A bis Z* als Geschenk ergatterte. Ich hatte noch nie ein eigenes Gesundheitsbuch, und im Licht der vergangenen Tage findet das eine ganz einfache Erklärung. Leute wie ich dürften keine eigenen Gesundheitsbücher haben. Vor allem nicht zwischen den Jahren. Ein Ärztebuch ruiniert so ungefähr alles. Ehe ich mit Lesen anfing, war ich einigermaßen gesund. Jetzt habe ich mir in wenigen Weihnachtstagen etliche Leiden zugezogen: Schuppenflechte, Angina Pectoris, Fieber mit darauffolgenden Streptokokken (oder umgekehrt) und Fibromyalgie, mehr fällt mir auf die Schnelle nicht ein.

Nach diesem Weihnachtsfest fühlte ich mich gar nicht wohl. Mein Herz raste, und ich fand es natürlich, unter »Herzklopfen und Rhythmusstörungen« nachzusehen. Danach war es ebenso natürlich, bei »Herzinfarkt« weiterzumachen, und als ich dann alles, was ich in letzter Zeit in Zeitungen darüber gelesen hatte, hinzufügte, nämlich, dass Herzinfarkt bei Frauen um die dreißig erschreckend häufig auftritt, war es ja nicht mehr schwer, die Diagnose zu stellen. Ich konfrontierte meinen Ehemann mit dieser traurigen Nachricht, doch er starrte mich ohne das geringste Mitgefühl an.

»Du hast keinen Herzinfarkt«, sagte er und ließ das Fußballspiel im Fernsehen nicht aus den Augen.

Mein Ehemann glaubt meinen Diagnosen einfach nicht und nimmt meistens erst dann Rücksicht auf mein Empfinden, wenn meine Aussage von einer Fachperson bestätigt wird.

»Ich habe aber jedenfalls, oder sagen wir lieber, bestenfalls, supraventrikuläre Tachykardie.«

»Und das bedeutet?«

»Anfälle von Herzrasen.«

»Dann musst du Sport treiben«, sagte mein Ehemann. »Du kannst nicht auf dem Sofa sitzen und in geradezu verbotenen Mengen Dokusoaps schauen und dabei Marzipan fressen und dich dann über die gesundheitlichen Folgen beklagen.«

Ich ging zur Ärztin. Die fragte, was mir denn fehle. Ich antwortete nach bestem Wissen und Gewissen und versuchte, mich an den Wortlaut aus *Dein Hausarzt* zu erinnern.

»Ich habe zusammenschnürende Schmerzen in der Brust, als ob jemand mir einen viel zu engen Gürtel um den Brustkasten gebunden hätte. Ab und zu verspüre ich im Brustkasten auch einen Druck oder einen stechenden Schmerz. Ich habe bisweilen Schmerzen, die von der Innenseite meines linken Arms auf Schulter, Nacken, Hals und Unterkiefer ausstrahlen. Auch Ausstrahlungen bis zu den Zähnen kommen vor, das erinnert dann an Zahnschmerzen. Die Schmerzen können einhergehen mit Atemnot, leichter Übelkeit und Schwindelanfällen. Außerdem treten die Anfälle häufiger bei kaltem feuchten und windigem Wetter auf als bei Sonnenschein.«

Die Ärztin gab zu, das erinnere beunruhigend an Angina Pectoris, aber aus irgendeinem Grund hatte ich das Gefühl, dass sie mir nicht glaubte. Nach einer halbherzigen Untersuchung entdeckte sie an meinem Herzen einen Nebenton. Ich war wirklich erleichtert und freute mich darauf, meinem Ehemann diese erschütternde Nachricht überbringen zu können, bis die Ärztin mich aus meinen Träumen riss und behauptete, solche Nebentöne seien total ungefährlich, aber es klinge eben doch unheimlich. Das zweite, was passiert ist, hat in gewisser Hinsicht ebenfalls mit meiner Gesundheit zu tun: Ich wäre fast gestorben. Ich stand im Flughafengebäude neben einer Tasche, die niemandem gehörte. Mit so was sollte man in unseren Zeiten nicht scherzen. Während ich noch dort stand und auf die Explosion wartete, überlegte ich mir, was ich in meinem Leben anders hätte machen sollen. Als die Explosion nicht kam, kaufte ich mir ein Trimmfahrrad. Das ist das Mindeste, was man tun kann, wenn man das Leben neu geschenkt bekommt. Ich werde nicht länger vor dem Fernseher sitzen. Ich werde Rad fahren, wenn ich fernsehe, und so viel, wie ich fernsehe, bedeutet das wahnsinnig viel Radfahren. Es kann auch zu viel werden. Sicher so viel, dass es zu Belastungsschäden führt.

Als ich meinem Ehemann verkündete, dass ich mir zu Weihnachten ein Trimmrad wünsche, ging das ungefähr so: »Willst du mich nicht bald fragen, was ich mir zu Weihnachten wünsche?«

»Was wünschst du dir zu Weihnachten?«

»Ein Trimmrad.«

»Aber haben wir denn noch Platz im Keller?«

»Im Keller? Das soll nicht im Keller stehen. Das kommt ins Wohnzimmer. Ich will jeden Tag damit fahren. Beim Fernsehen.«

»Dann musst du ja pausenlos fernsehen, und wie willst du dabei dein ganzes Marzipan essen?«

»So weit hatte ich noch gar nicht gedacht.«

»Teuer wird es jedenfalls. Das hast du sicher schon bedacht.«

»Na ja, aber du bist doch trotz allem jetzt Abteilungsleiter. Und bei meinem schlechten Herzen brauche ich einen Blutdruckmesser und einen Kalorienzähler.«

»Im vorigen Jahr wolltest du ein Patenkind. Dafür zahle ich noch immer. In diesem Jahr kostet es noch genauso viel wie im vergangenen. Vielleicht sogar mehr. Es ist doch unlogisch, zuerst einen Haufen Geld auszugeben, um einen kleinen Inder zu füttern, und dann genauso viel, damit du abnimmst.«

Und deshalb musste ich mir das Trimmfahrrad selbst kaufen, und seither graust mir vor dem Januar. Es ist so unendlich langweilig, auf der Stelle zu fahren. Aber bis Neujahr stelle ich das Trimmrad in den Keller. Natürlich ist da noch Platz genug.

15

Theodor Fontane

Heiligabend

Sie sieht nun tausend Lichter;
Der Engel Angesichter
Ihr treu zu Diensten stehn;
Sie schwingt die Siegesplane
auf güldnem Himmelsplane
Und kann auf Sternen gehn.

Johann Wolfgang Goethe

Weihnachtskinder

Der Winter ist den Kindern hold,
die Jüngsten sind's gewohnt.
Ein Engel kommt, die Flüglein Gold,
Der guten Kindern lohnt.
Sie sind geschickt, sie sind bereit
Zu mancher Jahre Lauf;
Nun sind wir fromm auf Lebenszeit;
Der Himmel tat sich auf.
Sie kommen, bringen, groß wie mild,
Ein einzig Weihnachtsfest;
Auf Erden bleibet Ihr sein Bild,
Auch uns im Herzen fest.

Ich weiß, wir dürfen Dir uns nahn,
Uns gönnst Du jede Zeit,
Wie selig ist es zu empfahn,
Und Dank ist Seligkeit.
Bedürfnis macht die Kinder gleich.
Sie blickt und hilft geschwind.
Denn hoch und niedrig, arm und reich
Das alles ist Ihr Kind.

16

Rainer Maria Rilke

Das Christkind

»Gestorben« stand in gleichgültigen, brutalen, feuchtleuchtenden Lettern in dem dicken, grünen Krankenhausbuch. In derselben Zeile war zu lesen: II. Stock, Zimmer 12, Nummer 78. Horvát, Elisabeth, Försterstochter, 9 Jahre alt.

Der frühe Februarabend sah wie mit rotgeweinten Büßeraugen, müd und mürrisch, in das Zimmer 12. Die grau-weißen Wände der Krankenstube schienen in dem gleichfarbenen Dämmer zu zerfließen, und das schwarze Holzkreuz schwebte frei in der Luft. Die Eisenbetten waren in verschwommenen Umrissen sichtbar. Die dämmerige Atmosphäre lag wie ein Bann auf den Kindern, deren je zwei ein Lager teilten. Irgendwo in dunkler Ecke weinte eines trostlos und leise, ein anderes erzählte mit weicher, vorsichtiger Stimme, als ob es am Bett der kranken Mutter säße, und ein kleines Mädchen, dem Fenster zunächst, hockte aufrecht in den Kissen, die Arme um die aufgestemmten Knie geschlungen. Sein Profil und die rundliche Schulter hoben sich scharf als Silhouette ab von dem blassgrauen Fenster. Und die karbolsatte Luft war so dicht, dass es schien, als prallten die schüchternen Laute des plaudernden Mädchens an ihr ab, und nur das versteckte Weinen aus der dunkeln Ecke bohrte sich mit spitzen Tönen in das Dämmer. So ist es im Wald an den Nebelnachmittagen des Frühherbstes: Die Stimmen aus Bach und Kraut versickern in dem Dunstmeer, und nur das Wimmern windgequälter Wipfel zittert durch den einsamen Tann.

Jetzt trat die wartende Schwester zärtlichen Schrittes in die Stube ein. Sie entzündete die Gasflamme, die, hinter grünem Zeug versteckt, an der Mittelwand des Zimmers angebracht war. – Das mondscheinfarbene Licht flutete weich wie eine an flachem Sande landende Welle durch den Raum und beleuchtete fast gleichmäßig die fünf Eisenbetten. Die Schwester aber schob den Vorhang ein wenig beiseite: Ungehemmt, mit rücksichtsloser Gewalt brach das grelle, rote Licht hervor. Eines von den mattschwarzen Wandtäfelchen war jetzt voll beschienen; es trug die Nummer 78. Das Bett darunter war zerwühlt und leer. Die Schwester trat hinzu, entfernte die Linnen und glättete die Matratzen.

Die Kinder waren alle verstummt. Sie folgten jeder Bewegung der Schwester mit geblendeten, lichtscheuen Blicken. Sogar die Kleine in der Ecke weinte nicht mehr. Sie saß aufrecht, den Kopf in beide Fäustchen gepresst, und unter der schneeweißen Stirnbinde glühten ihre Augen, groß, wie eine einzige dunkle Frage.

Die Wärterin warf ihr die Puppe, die sie im verlassenen Lager gefunden, in den Schoß. Das Kind zuckte nur leicht zusammen und rührte das Spielzeug nicht an. Als starrte es in eine grelle vernichtende Flamme, sprühte in seinen Fieberaugen ein unsteter, flackernder Widerschein auf. Und in unbestimmtem Bangen verkroch sich das Kind, das das Bett mit ihm teilte, unter die Decke.

Da wandte sich die Kleine beim Fenster, und ihre Stimme war wie ein Sonntagslied:

»Ist die Betty jetzt ein Engel?«

Die Schwester nickte und lächelte und breitete mit ihren weißen Händen die hellblaue Hülldecke über das leere Bett.

Der Tod ist ein Nummerwechsel. – Die kleine Elisabeth lag jetzt drunten in der Kammer, deren weiße Außenwände sie oft vom Fenster aus gesehen hatte. Sie war kleiner geworden und brauchte mit ihren abgefrorenen Füßchen wenig Raum in dem schlichten Holzbett, an dem schon die neue Nummer angeheftet war. Die Nummer der Grube da draußen. Die war schon bereit; aber sie gähnte nicht schwarz wie der Rachen eines Untiers. Die hereinbrechende Nacht begann ein schimmerweißes Schneelinnen hineinzuweben, so dass der Platz nett und verlockend aussah wie das Bettchen reicher Kinder. Und die kleine Betty in der stillen Kammer lag so ruhig und getrost da, als wüsste sie das. Die wachsweißen Händchen hielten, wie spielend, ein kleines Holzkreuz, das Haar sonnte wie ein Heiligenschein aus der Spitzenwolke des Sterbekissens, und um die dünnen, blassen Lippen blühte ein wehmütiges Lächeln; so schlingt sich ein Kranz Immortellen um ein vergilbtes Gebetbuchblatt.

Lächelte sie, weil sie schon die liebe Mutter gesehen hatte, die sie nun seit vier Jahren beim lieben Gott erwartete? War die kleine Seele schon auf jungen, schimmerweißen Falterflügeln durch die grauen Nebel, an lauter lächelnden Sternen vorbei, in die ewige Heimat geflogen? Flatterte sie schon über die weite Milchstraße, wo so viele fleißige Engel sitzen, die immer neue Sterne blasen, wie die Kinder auf Erden Seifenkugeln? War sie leicht gar schon nahe beim lieben Gott, der einen großen, silbernen Bart haben musste und eine große, leuchtende Krone?

Dorthin dürfen doch reine Seelen?

Und Narben gehen ja nicht durch bis auf die Seele, – nicht wahr?

Sie kriechen nur über das kleine tote Körperchen wie rote, giftige Raupen. – Und wenn der liebe Gott befiehlt, dass die kleine Elisabeth mit diesem Körperchen angetan vor ihm erscheinen sollte, so werden die Wunden daran sicher schon heil sein, und man wird selbst im Himmel, wo es doch sehr hell ist, nicht einmal einen roten Strich mehr sehen.

Und das ist gut; denn der liebe Gott und die gute Mutter – sie sollen nicht wissen, dass die Stiefmutter die kleine Betty blutig geschlagen hat. Und, dass sie's nie erfahren, das betete wohl die Kleine mit den blassen, gefalteten Händchen und den stillen, toten Lippen in der dunklen Leichenkammer.

Seliger Weihnachtstag, da die Kleinen mit vor Ungeduld trippelnden Beinchen und leuchtenden Augen an der verschlossenen Türe lauschen, hinter der sich helle, duftende Wunder vorbereiten, mit wichtiger Miene der Mutter zusehen, die den Festtagsfisch schmort für das Abendessen, und, alte Lieder auf den frischen Lippen, zum Großmütterchen, das im hohen Ohrenstuhl am plaudernden Feuer träumt, hüpfen und ihm die sanften, faltigen Hände küssen. Und dann kommt wohl auch der Vater heim und bringt, Schneeperlen im Barte, ein tüchtig Stück Winter mit und erzählt vom Christkind, das ihm auf verwehten Wegen begegnet ist, und dass es Haare wie eitel Gold hat und die Hände voll bunter, prächtiger Dinge. – Und draußen heult der Sturm, und ein Schlitten klingt irgendwo, und alles ist so geheimnisvoll und so groß und so feierlich, dass man es nie mehr vergessen kann – ein ganzes Leben nicht.

Und die kleine Elisabeth hatte es auch nicht vergessen, dass es einmal so war, als Mutter noch lebte und die fremde Frau mit dem roten Gesichte noch nicht mit am Tische aß. Und sie hockte fröstelnd am Herde, in dem ein wildes, ungastliches Feuer loderte.

Ihre Sehnsucht nach der Mutter war auf einmal gar groß. Und als die dicke Frau sie mit Schlägen aus der Küche trieb, da verkroch sie sich wie ein misshandelter Hund in den letzten Winkel unter dem Dache und weinte dort leise in sich hinein. Und es war, als löste sich alles Schwere, Dunkle in ihr in diesen lautlosen Tränen. Sie wusste endlich nur, dass es heute wieder Weihnachten war, und dass alle guten Kinder fröhlich sein müssen, weil das Christkind durch die Welt geht.

Der Vater fand sie dort, strich ihr mit zitternden Fingern durchs Haar und schenkte ihr ein paar Kreuzer – einen ganzen Reichtum für das Kind. Und Betty hüpfte empor und schlang mit lachenden, klaren Augen beide Arme fest um Vaters Hals.

Das war wie ein Abschied.

Zwei Stunden später trippelte die Kleine, Vaters Kreuzer in der rechten Faust, durch die Gassen des Städtchens. Der Weihnachtstag war weiß und windstill, und der körnige Schnee verbrämte, wie weißes Pelzwerk, die dünnen Schuhe des Kindes. Es lief waldwärts. Bei den letzten Häusern traf es eine kleine Gespielin. Die verstellte ihr den Weg und sagte in überlegenem Tone: »Glaubst du, das Christkind kommt auch zu dir?«

Betty schlug die großen, blauen Augen auf und antwortete mit inniger Überzeugung: »Das Christkind kommt zu allen braven Kindern.«

Und die Mittagsglocken klangen groß und ernst in den frostroten Weihnachtstag, als sagten sie ein ›Amen‹ dazu.

Beim letzten Krämer kaufte Elisabeth um ihre Kreuzer ein paar Kerzchen, eine bunte, lange Flitterkette, Zündhölzchen und ein riesiges Herz aus Lebkuchen. Mit diesen Schätzen beladen, lief sie weiter in den Wald, wo ihr schon keine Menschen mehr begegneten als die, die wegabseits dürres Reisig suchten; und die sahen vergrämt und erfroren aus und achteten nicht des Kindes.

Es gibt eine Stelle im Walde, wo der Abend, der sein Gold, ängstlich wie ein Geizhals, hinter den nächsten Berg trägt, zögernd verweilt, als könnte er sich kaum trennen von der schönen Erde. Dort stehen langstielige weiße Blüten, und die wiegen dann ihre Pracht im veratmenden Winde, wie Kinder, die dem scheidenden Vater ihre Tücher nachschwenken. So – sommers. Allein auch mitten im Winter, da der frühmüde Abend die roten

Sohlen durch den schimmernden Schnee schleift, rastet er dort und küsst mit letzter Glut die alte, auf verwitterter Steinsäule wohnende Wegmadonna, die ihm in einsamer Wehmut nachlächelt.

Das war der kleinen Elisabeth liebster Platz. Dorthin war sie oft geflüchtet, brennende Schläge auf dem Rücken, und hatte der vergessenen Himmelskönigin ihr Leid erzählt wie einer Mutter. Und ihr war oft gewesen, als trüge das Steinbild die Züge des toten Mütterchens. Und nun hatte sie die Stelle noch viel lieber. Solang es Blumen gab, verging kein Tag, ohne dass das Kind den rostigen Nagel am Sockel mit frischem Schmuck verdeckte; und, traun, wenn jeder Altar im Lande nur einen solchen Beter fände, Gott müsste der Welt näher kommen!

Auch an diesem Weihnachtsabend ging die Kleine den gewohnten Weg und schleppte den Tand, den sie eingekauft hatte, mit sich. Ein stiller Plan machte ihre Augen glänzen und ihre Füßchen eilen. Sie warf der Steinmadonna einen neckisch-ehrfurchtsvollen Blick zu, der besagen sollte: Gelt, ich bin brav? Heut hast du mich nicht erwartet.

Dann ging sie ohne Zagen ans Werk.

Jenseits des Pfades, an dem die Betsäule stand, begann ein junges Tannengehölz. Das kleine Mädchen wählte einen der vordersten Bäume, dessen Spitze es mit ausgestrecktem Arm eben noch erreichen konnte, und spannte die bunte Papierkette um die waagrechten Zweige, auf denen schon fester Schnee wie glitzernder Demantschmuck prangte. Dann tropfte es die Kerzchen an den Ast-Enden fest, und zugleich mit dem ersten Stern der Heilsnacht gingen die Lichter an dem einsamen Weihnachtsbaum auf.

Das war nun wirklich eine große Pracht. Um die rotschwelenden Kerzchen herum schmolz der Schnee, und das glitzerte und blitzte, dass es eine Freude war. Klein-Elisabeth sagte zuerst ein frommes Sprüchlein vor der Muttergottes her und rief, auf das strahlende Bäumchen weisend: »Freut's dich?« Dann biss sie gar herzhaft in das Lebkuchenherz und stand mit vollen Backen so nah vor dem leuchtenden Tannenbaum, dass der Widerschein des Glanzes in ihren reinen Augen funkelte.

Der ganze, weite Wald schien das Christfest mitzufeiern. Die hohen, schwarzen Tannen standen weit im Umkreis wie ehrfurchtsvolle Beter und staunten das just noch so unbedeutende Bäumchen an, wie Menschen ein Wunderkind betrachten. Die fernen Sterne sogar schienen sich über der Stelle zusammenzudrängen, um ja nichts von dem Schauspiel zu verlieren und dem lieben Gott und den Engeln und der guten Mutter der kleinen Elisabeth erzählen zu können, was für ein braves Kind sie wäre.

Auf den dämmerigen Waldwegen aber kamen große schwarze Vögel in neugierigen Sprüngen näher. Die könnten auch Hunger haben, dachte das Kind; Betty verspürte keine Furcht, und so teilte sie das mächtige Kuchenherz mit den gierigen Gästen. Ihr ward so froh und so selig, dass sie hätte singen mögen, wenn sie nur ein recht schönes, würdiges Lied gewusst hätte.

Die Kerzen waren schon ziemlich tief gebrannt; da setzte sich die Kleine zu Füßen des Heiligenbildes hin mit glücklichen Augen und frostblauen Händchen. Aber vom Frieren fühlte sie nichts. Es war so wunderstill um sie, und wenn sie die Augen schloss, so sah sie sich auf dem Schoß der teuren Mutter sitzen in warmer, traulicher Stube. Die Uhr tickte in gemessenem, behäbigem Takte, und der Wind schraubte sich in den prasselnden Kamin. Die Mutter strich ihr leise und zärtlich über den Scheitel und küsste sie mit roten, weichen Lippen mitten auf die Stirn. Und sie war schön, die Mutter, schön, wie die Fee im Märchen von Andersen, und trug eine seltsame Krone im reichen, flutenden Haar.

Und sie anschauen – war gut …

So kam es, dass die kleine, arme Elisabeth ein schöneres Christfest hatte als die reichen, satten Kinder in den schimmernden Stuben.

Sie war sehr glücklich. Und dieses Glück leuchtete auf dem kleinen Gesichte, wie sie so zu Füßen der Madonnensäule schlief. Die Händchen waren fest und treu gefaltet, und vom Steinbild floss ein schwarzer Schatten über das lächelnde Kind, als hätte die gnädige Himmelsfrau einen schützenden Schleier darübergebreitet.

Das Bäumchen strahlte noch einmal hell auf in mählich verlöschender Pracht, und es hub ein Schneien an, langsam und feierlich, als schwebten alle Sterne zur Erde nieder.

Zwei Waisenkinder gingen an diesem Weihnachtsabend spät aus der Stadt dorfwärts durch den Wald. Und sie erzählten dem Pfarrer im Dorfe atemlos, mit glänzenden Augen:

»Wir haben das Christkind gesehen – mitten im Wald. Es lag neben einem herrlich leuchtenden Bäumchen und ruhte aus. Und es war schön, das Christkind, – so schön …«

17

Hans Christian Andersen

Das kleine Mädchen mit den Schwefelhölzern

Es war so entsetzlich kalt; es schneite, und der Abend dunkelte; es war außerdem der letzte Abend im Jahr, Silvesterabend. In dieser Kälte und in dieser Dunkelheit ging auf der Straße ein kleines, armes Mädchen mit bloßem Kopf und nackten Füßen; ja sie hatte zwar Pantoffeln angehabt, als sie von zu Hause wegging; aber was konnte das helfen! das waren sehr große Pantoffeln gewesen, ihre Mutter hatte sie zuletzt benutzt, so groß waren die, und die hatte die Kleine verloren, als sie über die Straße eilte, auf der zwei Wagen so entsetzlich schnell vorüberfuhren; der eine Pantoffel war nicht wiederzufinden, und mit dem anderen lief ein Junge herum; er sagte, den könnte er als Wiege benutzen, wenn er selber Kinder kriegte.

Da ging nun das kleine Mädchen auf den nackten kleinen Füßen, die rot und blau waren vor Kälte; in einer alten Schürze trug sie eine Menge Schwefelhölzer, und ein Bund hatte sie in der Hand; niemand hatte ihr den ganzen Tag etwas abgekauft; niemand hatte ihr einen kleinen Schilling gegeben; hungrig und verfroren ging sie und sah so verschüchtert aus, das arme Ding! Die Schneeflocken fielen in ihr langes blondes Haar, das sich so hübsch im Nacken kräuselte, aber an Schönheit dachte sie wahrhaftig nicht. Aus allen Fenstern schimmerten die Kerzen, und dann roch es auf der Straße so wunderbar nach Gänsebraten; es war doch Silvesterabend, ja daran dachte sie.

Hinten in einem Winkel zwischen zwei Häusern, das eine ging etwas weiter auf die Straße hinaus als das andere, da setzte sie sich hin und kauerte sich zusammen; die kleinen Beine hatte sie unter sich hochgezogen, aber sie fror noch mehr, und nach Hause traute sie sich nicht zu gehen, sie hatte ja keine Schwefelhölzer verkauft, sie hatte nicht einen Schilling gekriegt, ihr Vater würde sie schlagen, und kalt war es auch zu Hause, sie hatten bloß das Dach direkt über sich und da pfiff der Wind herein, obwohl in die größten Risse Stroh und Lumpen gestopft waren. Ihre kleinen Hände waren beinah schon ganz tot vor Kälte. Ach! ein kleines Schwefelholz könnte guttun. Wenn sie sich traute, nur eins aus dem Bund herauszuziehen, es an der Wand anzureißen und die Finger zu wärmen. Sie zog eins heraus, »ritsch!« wie das sprühte, wie das brannte! es war ein warmes, helles Feuer, fast wie eine kleine Kerze, als sie die Hand darum legte; das war eine wunderliche Kerze! Dem kleinen Mädchen war es, als säße sie vor einem großen Eisenofen mit blanken Messingkugeln und Messingtrommel; das Feuer brannte so gesegnet, wärmte so gut! nein, was war das! – Die Kleine streckte schon die Füße aus, um auch die zu wärmen – – da erlosch die Flamme, der Ofen verschwand –, sie saß da mit einem kleinen Stumpf von einem abgebrannten Schwefelholz in der Hand.

Ein neues wurde angerissen, das brannte, das leuchtete, und wo der Lichtschein auf die Mauer fiel, wurde sie durchsichtig, wie ein Schleier; sie sah direkt in die Stube hinein, wo der Tisch gedeckt stand mit einer schimmernden weißen Tischdecke und feinem Porzellan, und herrlich dampfte die gebratene Gans, gefüllt mit Zwetschgen und Äpfeln! und was noch prächtiger war, die Gans sprang aus der Schüssel, watschelte über den Fußboden mit Messer und Gabel im Rücken; genau auf das arme Mädchen kam sie zu; da erlosch das Schwefelholz, und es war nur die dicke, kalte Mauer zu sehen.

Sie zündete ein neues an. Da saß sie unter dem herrlichsten Weihnachtsbaum; der war noch größer und schöner geschmückt, als sie es durch die Glastür bei dem reichen Kaufmann gesehen hatte, die letzten Weihnachten; Tausende von Kerzen brannten auf den grünen Zweigen, und bunte Bilder, wie die, mit denen die Schaufenster dekoriert sind, blickten auf sie herab. Die Kleine streckte beide Hände in die Höhe – da erlosch das Schwefelholz; die vielen Weihnachtskerzen gingen höher und höher hinauf, sie sah, dass es nun die klaren Sterne waren, einer von ihnen fiel und machte einen langen Feuerstreifen am Himmel.

»Jetzt stirbt jemand!«, sagte die Kleine, weil die alte Großmutter, der einzige Mensch, der gut zu ihr gewesen, nun aber tot war, gesagt hatte: Wenn ein Stern fällt, geht eine Seele hinauf zu Gott.

Sie riss wieder an der Mauer ein Schwefelholz an, das leuchtete ringsum, und im Glanz stand die alte Großmutter, so klar, so schimmernd, so mild und gesegnet.

»Großmutter!« schrie die Kleine, »o nimm mich mit!, ich weiß, du bist weg, wenn das Schwefelholz ausgeht; weg wie der warme Ofen, wie der herrliche Gänsebraten und der große gesegnete Weihnachtsbaum!« – und sie riss hastig alle restlichen Schwefelhölzer an, die im Bund waren, sie wollte Großmutter festhalten; und die Schwefelhölzer leuchteten mit einem solchen Glanz, dass es klarer war als am hellen Tag. Großmutter war noch niemals so schön gewesen, so groß; sie hob das kleine Mädchen auf ihren Arm empor, und sie flogen in Glanz und Glück, so hoch, so hoch; und da war keine Kälte, kein Hunger, keine Angst – sie waren bei Gott!

Aber im Winkel an der Hauswand saß in der kalten Morgenstunde das kleine Mädchen mit roten Wangen und mit einem Lächeln um den Mund – rot, erfroren am letzten Abend des alten Jahres. Der Neujahrsmorgen ging auf über der kleinen Leiche, die da mit Schwefelhölzern saß, von denen ein Bündel fast abgebrannt war. Sie hat sich wärmen wollen! sagte man; keiner wusste, was sie Schönes gesehen hatte, in welchem Glanz sie mit der alten Großmutter eingegangen war in die Neujahrsfreude!

18

Theodor Storm

Weihnachtsabend

An die hellen Fenster kommt er gegangen
Und schaut in des Zimmers Raum:
Die Kinder alle tanzten und sangen
Um den brennenden Weihnachtsbaum.

Da pocht ihm das Herz, dass es will zerspringen;
O, ruft er, lasst mich hinein,
Was Frommes, was Fröhliches will ich euch singen
Zu dem hellen Kerzenschein.

Und die Kinder kommen, die Kinder ziehen
Zur Schwelle den nächtlichen Gast;
Still grüßen die Alten, die Jungen umknien
Ihn scheu in geschäftiger Hast.

Und er singt: »Weit glänzen da draußen die Lande
Und locken den Knaben hinaus;
Mit klopfender Brust, im Reisegewande
Verlässt er das Vaterhaus.

Da trägt ihn des Lebens breitere Welle –
Wie war so weit die Welt!
Und es findet sich mancher gute Geselle,
Der's treulich mit ihm hält.

Tief bräunt ihm die Sonne die Blüte der Wangen
Und der Bart umsprosset das Kinn;
Den Knaben, der blond in die Welt gegangen,
Wohl nimmer erkennet ihr ihn.

Aus goldnen und aus blauen Reben
Es mundet ihm jeder Wein;
Und dreister greift er in das Leben
Und in die Saiten ein.

Und für manche Dirne mit schwarzen Locken
Im Herzen findet er Raum; –
Da klingen durch das Land die Glocken,
Ihm war's wie ein alter Traum.

Wohin er kam, die Kinder sangen,
Die Kinder weit und breit,
Die Kerzen brannten, die Stimmlein klangen,
Das war die Weihnachtzeit.

Da fühlte er, dass er ein Mann geworden;
Hier gehörte er nicht dazu.
Hinter den blauen Bergen im Norden
Ließ ihm die Heimat nicht Ruh.

An die hellen Fenster kam er gegangen
Und schaut' in des Zimmers Raum;
Die Schwestern und Brüder tanzten und sangen
Ein Christlied am Taxusbaum.« –

Da war es, als würden lebendig die Lieder
Und nahe, der eben noch fern;
Um den Taxus tanzten Schwestern und Brüder
Und sangen ein Lied vom Herrn.

Da kann er nicht länger das Herz bezwingen,
Er breitet die Arme aus:
O schließet mich ein in das Preisen und Singen,
Ich bin ja der Sohn vom Haus!

19

J. P. Richter

Geschichte eines Pfefferkuchenmannes

Es war einmal ein Pfefferkuchenmann,
von Wuchs groß und mächtig,
und was seinen innern Wert betraf,
so sagte der Bäcker: »Prächtig.«

Auf dieses glänzende Zeugnis hin
erstand ihn der Onkel Heller
und stellte ihn seinem Patenkind,
dem Fritz, auf den Weihnachtsteller.

Doch kaum war mit dem Pfefferkuchenmann
der Fritz ins Gespräch gekommen,
da hatte er schon – aus Höflichkeit –
die Mütze ihm abgenommen.

Als schlafen ging der Pfefferkuchenmann,
da bog er sich krumm vor Schmerze:
an der linken Seite fehlte fast ganz
sein stolzes Rosinenherze!

Als Fritz tags drauf den Pfefferkuchenmann
besuchte, ganz früh und alleine,
da fehlten, o Schreck, dem armen Kerl
ein Arm und schon beide Beine!

Und wo einst saß am Pfefferkuchenmann
die mächt'ge Habichtsnase,
da war ein Loch! Und er weinte still
eine bräunliche Sirupblase.

Von nun an nahm der Pfefferkuchenmann
ein reißendes, schreckliches Ende:
Das letzte Stückchen kam schließlich durch Tausch
in Schwester Margretchens Hände.

Die kochte als sorgliche Hausfrau draus
für ihre hungrige Puppe
auf ihrem neuen Spiritusherd
eine kräftige, leckere Suppe.

Und das geschah dem Pfefferkuchenmann,
den einst so viele bewundert
in seiner Schönheit bei Bäcker Schmidt,
im Jahre neunzehnhundert.

20

Paul Maar

Der doppelte Weihnachtsmann

Ich muss ungefähr sechs Jahre alt gewesen sein, als ich anfing, nicht mehr so recht an den Weihnachtsmann zu glauben.

»Gibt es den Weihnachtsmann eigentlich wirklich?«, fragte ich Mama, als wir am Nachmittag gemütlich zusammensaßen und Weihnachtsschmuck bastelten.

»Du hast ihn doch oft gesehen«, sagte Mama. »Erinnerst du dich nicht an letztes Weihnachten, wie er hereinkam hier ins Zimmer, mit seinem langen Mantel und seinem weißen Bart? Wir haben doch zusammen Weihnachtslieder gesungen.«

»Jaja«, sagte ich. »Aber wie viel Weihnachtsmänner gibt es eigentlich?«

»Wie viele? Natürlich nur einen. Den Weihnachtsmann!«, sagte sie.

»Und der kommt auch zum Klaus?«, fragte ich weiter. Klaus war mein Freund. Er wohnte ein paar Häuser weiter.

»Ja, natürlich«, sagte Mama.

»Und zur Elke nach Paderborn auch?« Elke war vor zwei Monaten mit ihren Eltern nach Paderborn gezogen.

»Ja, zu Elke auch«, sagte Mama.

»Und zu den Kindern in München und in Hamburg?«, fragte ich.

»Zu denen kommt er auch!«

»Wie kann er denn am gleichen Abend in München und in Hamburg und in Paderborn sein?«, fragte ich.

»Wie er das kann, weiß ich auch nicht«, sagte Mama. »Er kann es halt. Dafür ist er eben der Weihnachtsmann. Als Weihnachtsmann kann er vielleicht an zwei Orten gleichzeitig sein.«

Damit waren meine Zweifel aber noch lange nicht verschwunden.

Ich hatte sogar einen bestimmten Verdacht.

»Wieso ist Papa eigentlich nie dabei, wenn der Weihnachtsmann kommt?«, fragte ich.

Mama tat erstaunt. »Ist er denn nie dabei?«, fragte sie.

»Nein«, antwortete ich. »Jedes Mal sagt er am Weihnachtsabend, er müsse noch was erledigen, und dann geht er weg. Und gleich darauf kommt dann der Weihnachtsmann. Und wenn der Weihnachtsmann mit dir und mir Lieder gesungen hat und wieder weggegangen ist, dann kommt Papa zurück und fragt uns, wie es denn gewesen sei mit dem Weihnachtsmann!«

»So ein Zufall!«, sagte Mama. »Ich werde Papa sagen, dass er diesmal dableiben soll, wenn der Weihnachtsmann kommt.«

Als Papa am Abend nach Hause gekommen war, hörte ich die beiden in der Küche halblaut miteinander reden. Ich ging leise zur offenen Küchentür, um zuzuhören.

»Du kannst es jedenfalls nicht mehr machen«, sagte Mama gerade zu Papa. »Er hat etwas gemerkt.«

»Aber wer denn dann?«, fragte Papa.

»Vielleicht Robert?«, sagte Mama. »Wir haben Robert doch sowieso zu Weihnachten eingeladen. Da kann er ja …« In diesem Augenblick sah sie mich in der Tür stehen, brach mitten im Satz ab und sagte zu mir: »Du musst jetzt mal in dein Zimmer gehen. Wir wollen gerade etwas Wichtiges besprechen. Etwas, das nur die Erwachsenen angeht.« Damit schob sie mich in mein Zimmer, und ich konnte nicht erfahren, was die beiden wohl besprechen wollten.

Drei Tage später war Weihnachtsabend. Wir saßen im Esszimmer und warteten auf den Weihnachtsmann. Und auf Onkel Robert. Onkel Robert war der Bruder von Papa. Er wollte dieses Weihnachten mit uns feiern.

»Wo Robert nur bleibt?«, sagte Papa und schaute auf die Uhr. »Er wollte doch schon längst da sein.«

»Es schneit. Vielleicht kommt er mit dem Auto nicht durch«, sagte Mama.

»Hoffentlich hast du nicht recht«, meinte Papa und schaute wieder auf die Uhr.

Wir warteten eine Viertelstunde, eine halbe Stunde, und ich fragte alle fünf Minuten, wann denn der Weihnachtsmann käme. Aber er kam nicht. Und Onkel Robert auch nicht.

Papa wurde immer ungeduldiger. Plötzlich sprang er auf, ging aus dem Zimmer und rief uns im Hinausgehen zu: »Ich muss noch 'ne Kleinigkeit erledigen. Es dauert nicht lange, ich bin gleich wieder da!«

Ich fand es sehr schade, dass Papa gerade jetzt wegmusste. Ich hatte Sorge, der Weihnachtsmann könnte vielleicht wieder gerade dann kommen, wenn Papa weg wäre. Und wirklich: Papa war kaum fünf Minuten aus dem Zimmer, da klopfte es an die Tür, und der Weihnachtsmann kam herein.

Es war wie jedes Jahr: Erst fragte er mich, ob ich auch immer schön brav gewesen wäre. Dann sangen wir zusammen »Stille Nacht«, und dann gingen alle hinüber ins Weihnachtszimmer.

Nach einer Weile sagte Mama: »So, lieber Weihnachtsmann, jetzt hast du dir einen ordentlichen Schluck verdient, jetzt darfst du in die Küche gehen und was trinken!« Und der Weihnachtsmann ging in die Küche.

Kaum war der Weihnachtsmann hinter der Küchentür verschwunden, da hörten Mama und ich vom Flur her laute Schritte und Gepolter.

»Um Gottes willen!«, rief Mama, irgendwie erschrocken. »Nein, Robert …«

Da ging die Tür auf. Aber es war nicht Robert, der hereinkam, sondern der Weihnachtsmann. Weiß der Himmel, wie er es geschafft hatte, von der Küche aus in den Flur zu kommen! Vielleicht war er aus dem Küchenfenster gestiegen und zum Flurfenster wieder herein.

Er kam direkt auf mich zu. Ich war so damit beschäftigt, meine Geschenke auszupacken, dass ich ihn gar nicht weiter beachtete. Schließlich hatten wir uns ja eben lange unterhalten und zusammen ein Lied gesungen!

»Na, willst du denn gar nicht aufstehen?«, fragte der Weihnachtsmann mit tiefer Stimme und baute sich vor mir auf.

Erstaunt stellte ich mich vor ihn hin.

»Nun, bist du denn auch immer brav gewesen?«, fragte er und schaute mich streng an.

»Das hab ich dir gerade doch schon gesagt«, sagte ich erstaunt.

»Wann gerade?«, fragte der Weihnachtsmann.

»Na eben«, sagte ich. »Bevor wir zusammen gesungen haben.«

»Wann sollen wir gesungen haben?«, fragte der Weihnachtsmann ganz ratlos.

Ich wusste nicht, ob er wirklich so vergesslich war oder ob er vielleicht einen Spaß machen wollte. Ich sagte mal überhaupt nichts.

»Was haben wir denn angeblich gesungen?«, fragte der Weihnachtsmann weiter.

»Na, ›Stille Nacht, hei…‹« So weit war ich gerade gekommen, da schaute ich zufällig zur Küchentür hinüber. Und da sah ich etwas so Verwunderliches, dass ich aufhörte zu reden und mit offenem Mund staunte. Mama hatte doch recht gehabt! Der Weihnachtsmann konnte wirklich an mehreren Orten gleichzeitig sein. Denn der Weihnachtsmann stand nicht nur vor mir, mit seinem langen Mantel und seinem weißen Bart, er stand auch gleichzeitig in der Küchentür, hatte ein Glas Wein in der Hand und schaute verblüfft zu uns ins Zimmer.

Als der Weihnachtsmann sich sah (oder muss man sagen: Als die Weihnachtsmänner einander sahen?), machten beide kehrt, gingen hastig aus dem Zimmer und klappten die Tür hinter sich zu.

Nach einer Weile kam Papa zurück. Und mit ihm Onkel Robert, der inzwischen auch eingetroffen war.

»Stellt euch vor, ich habe den Weihnachtsmann doppelt gesehen!«, erzählte ich ihnen gleich aufgeregt.

Aber sie gingen gar nicht darauf ein, sondern meinten nur, es sei höchste Zeit, dass wir nach all diesen Aufregungen mit dem Weihnachtsabendessen begännen.

Was sie allerdings mit »Aufregungen« meinten, ist mir nie ganz klargeworden. Denn schließlich waren Papa und Onkel Robert ja gar nicht dabei gewesen, als ich diese aufregende Weihnachtsmannverdopplung erlebte!

21

Root Leeb

Fette Feste

Er hatte gerade mühsam, sehr mühsam acht von seinen zwölf überschüssigen Kilos abgenommen, hatte gehungert und gelitten. Doch jetzt freute er sich, über sich selbst, dass er das geschafft hatte, über das warme Wetter, das ihm erlaubte, im Hemd herumzulaufen, und über die Komplimente, die ihm alle machten. Bestimmt hätte er in kürzester Zeit auch die anderen vier Kilo noch geschafft, wenn nicht, ja wenn nicht diese Weihnachtszeit jetzt drohend vor ihm stünde.

Es war so lange sonnig und warm gewesen in diesem Jahr. Claude hatte sich der wahnwitzigen Hoffnung hingegeben, dass der Winter und alles damit Verbundene ausfallen würde. Einfach so. Nach einigen weiterhin heiteren Wochen würde er eines Tages aufwachen und Ostern stünde vor der Tür. Dann wäre alles geschafft, es würde noch heller und wärmer werden, er würde untertags im Freien leichte Gerichte zu sich nehmen, würde mit Viola in den Abend schlendern …

Aber es war nicht so gekommen. Starker Frost, kurz, still, wie ein Überfall, hatte alles nackt zurückgelassen. Die Bäume vor dem Haus waren kahl, die Stämme glänzten schwarz, was Claudes Stimmung durchaus entsprach. Es würde also doch alles stattfinden. Er und Viola würden seine Eltern am ersten Advent besuchen, würden da die selbstgebackenen Plätzchen probieren und üppig zu Abend essen. Nach unzähligen Weihnachtsfeiern, alle mit Gebäck und Glühwein, würde dann das eigentliche Weihnachtsfest kommen, die letzte Schlacht. Die mit der fetten Gans. Dafür würde er mit Viola zu deren Familie reisen. Drei Tage lang, wegen der großen Entfernung. Er würde also dort festsitzen, Konversation betreiben, viel zu viel und zu fett essen und sein Gewicht weiter vermehren bis zum Umfang eines Ballons und dann womöglich platzen. Aber auch das kam anders. Schon Tage vor Weihnachten setzte Schneefall ein. Sie erreichten Violas Eltern gerade noch vor Sperrung der Straßen, aber rechtzeitig zum Stromausfall. Der Schnee hatte einige Masten geknickt, Rettung war nicht in Sicht.

Das Haus blieb also dunkel, die Küche kalt. Ein kleiner Gaskocher lieferte heißes Wasser für Tee und eine Suppe am Abend. Man musste etwas improvisieren. Sie verbrachten die Weihnachtstage mit belegten Broten, sehr viel Schneeräumen und guten Gesprächen am Kamin im Wohnzimmer, bei Kerzenlicht und mit vielen Nachbarn, die immer wieder vorbeikamen.

Und alle träumten von der fetten Weihnachtsgans, die im Schnee tiefgefroren auf bessere Zeiten wartete.

22

Rob Waumans

Texaco

Es ist zehn nach sieben, als das Telefon läutet.

»Es ist sieben Uhr«, ruft Hanneke, »es ist Weihnachten. Wer in Gottes Namen ruft um diese Zeit an!«

Das Telefon läutet noch einmal.

»Geh ran, Henk, geh endlich ran.«

Ich knipse das Lämpchen auf meinem Nachtkästchen an, stehe auf, laufe ins Wohnzimmer und nehme den Hörer ab.

»Hier Henk van de Pavert«, sage ich. Meine Stimme klingt tiefer, als ich erwartet habe.

Am anderen Ende der Verbindung höre ich nichts.

»Hallo?«

Ich lege auf, bleibe für einen Moment neben dem Telefon stehen und schaue nach draußen, in den schwarzen Morgen.

»Wer war das?« ruft Hanneke aus dem Schlafzimmer, und ich sage, dass sich wahrscheinlich jemand verwählt hat. Ich gehe aufs Klo, und sofort läutet das Telefon wieder.

»Telefon! Wer ruft denn da in Gottes Namen schon wieder an, es ist Weihnachten!«

Schnell ziehe ich meine Unterhose hoch und laufe zum Telefon.

»Hier Henk van de Pavert«, sage ich wieder.

»Hallo, Papa, hier ist Sandra. Wart ihr schon wach?«

»Wir sind wach, ja«, sage ich.

Hanneke fragt wieder, wer es ist.

»Ja, wir waren uns nicht mehr sicher, wann wir heute kommen sollen. Das war doch um drei, oder?« fragt Sandra.

Ich lege die Hand auf den Hörer und frage Hanneke, welche Uhrzeit wir ausgemacht hatten.

»Wer ist es?«

»Es ist Sandra«, sage ich, »sie fragt, wann sie kommen sollen. Um drei, oder?«

»Vier Uhr. Es ist Weihnachten, da treffen wir uns immer um vier Uhr.«

Ich nehme die Hand vom Hörer und sage zu Sandra, dass wir uns um vier Uhr treffen, wie jedes Jahr.

»Okay, ich dachte nämlich gerade, wenn wir gleich nach dem Mittagsschläfchen von Thomas ins Auto steigen, wären wir gegen drei Uhr da. Wäre das auch recht?«

»Kein Problem«, sage ich, »bis nachher.«

Wir legen auf.

Hanneke sitzt an der Wand mit einem Kissen im Rücken. Sie hat die Fernbedienung in der Hand und drückt die Knöpfe, ohne dass der Fernseher reagiert.

»Sie kommen um drei Uhr. Wegen Thomas ist das besser«, sage ich.

»Nein, nein, das geht wirklich nicht, es ist Weihnachten, und wir müssen noch total viel erledigen. Wahrscheinlich reicht nicht einmal vier Uhr.«

Ich habe Lust auf eine Zigarette. In den verrücktesten Situationen kommt das Bedürfnis nach Nikotin zurück. Es gab Zeiten, in denen ich eine Schachtel pro Tag geraucht habe, und in Momenten wie diesen kann ich die Zigarette nahezu riechen.

Sie schüttelt den Kopf.

»Nein, wirklich nicht. Ruf an und sag, dass sie erst um vier Uhr kommen können.« Ich gehe aus dem Schlafzimmer und nehme den Hörer ab. Ich lausche dem Freizeichen, warte ein wenig und sage dann: »Hallo, Sandra, hier ist noch mal kurz dein Vater. Hör mal, es würde uns besser passen, wenn ihr um vier Uhr da sein könntet. Wir müssen noch viel erledigen, wir brauchen die Zeit dringend.«

Ich schaue auf meine Finger und halte meinen Zeige- und den Mittelfinger, als ob sie eine Zigarette hielten.

»Ja, okay, bis heute Nachmittag!«

Ich gehe aufs Klo, dusche danach und bleibe sicher zehn Minuten unter der Dusche stehen.

Dann trockne ich mich ab, gehe mit dem Abzieher über die Wände, damit kein Wasser zurückbleibt. Wir wollen keine Kalkflecken.

Ich stehe nackt vor dem Spiegel und schau mich an. Ich rasiere mich.

Im Schlafzimmer sehe ich, dass Hanneke wieder eingeschlafen ist. Sie ist auf ihr Kissen zurückgesunken, mit dem Gesicht zum Fenster. Ich schaue sie eine Zeitlang an, wie sie daliegt. Wie ihre Brust auf- und niedergeht im Rhythmus, in dem sie atmet.

In Hannekes linker Hand liegt die Fernbedienung, das Fernsehen ist immer noch aus.

Ich ziehe Unterhose und Socken an. Aus dem Schrank hole ich eine schwarze Hose und ein weißes Oberhemd, und ich kämme meine Haare.

Langsam füllt die Energiesparlampe die Küche mit Licht. Ich hole vier Scheiben Brot aus dem Eisschrank, decke den Tisch und mache Kaffee.

Mit einer Tasse Kaffee in der Hand stehe ich vor dem Fenster und schaue nach draußen. Es ist kaum jemand auf der Straße.

Von hier aus kann man in der Ferne die Tankstelle von Texaco sehen, und ich überlege, wie lange es dauern würde, wenn ich meine Jacke anziehen, den Lift nehmen, mein Fahrrad aus dem Abstellraum holen und bei Texaco eine Schachtel Zigaretten kaufen würde.

Sandra ist unsre ältere Tochter. Noch oft denke ich an damals, als sie noch klein war und immer bei mir sein wollte, und wie sie mit ihrer Hand durch mein Haar fuhr. Selbst als sie älter wurde, tat sie das noch, wenn wir auf dem Sofa vor dem Fernseher saßen.

Meine jüngere Tochter Annet ist anders. Sie wohnt in London, wir sehen sie wenig. Sie hat ihren eigenen Weg gewählt, sagen wir mal so.

Als die Tasse leer ist, denke ich, dass, wenn ich mich gleich aufgemacht und nicht herumgetrödelt hätte, ich jetzt schon bei der Texaco-Tanke hätte sein können.

In der Küche in einer Schublade suche ich nach einem Feuerzeug, aber da liegt keines. Dafür finde ich ein Päckchen Batterien. Ich schenke mir noch einmal eine Tasse Kaffee ein und schmecke fast den Tabak wieder. Die beste Zigarette des Tages war die erste beim Kaffee.

Jetzt hätte ich schon wieder zurück sein können.

Ich stelle meinen Becher auf den Esstisch und gehe ins Schlafzimmer. Hanneke schläft noch immer, sie atmet schwer. Es sieht nicht so aus, dass sie schnell aufwachen würde. Ich knipse das Lämpchen auf meinem Nachttisch aus und verlasse das Schlafzimmer auf Zehenspitzen.

Es ist inzwischen hell geworden. Ich schaue durchs Fenster noch einmal zur Tankstelle: Ich kann es jetzt versuchen, es würde nicht lange dauern. Wäre ruck, zuck erledigt. Aber vielleicht sollte ich besser erst das Huhn marinieren, das muss auch noch gemacht werden.

Ich hole die Schale mit dem zerlegten Huhn aus dem Kühlschrank, stelle sie auf die Spüle und mache die Marinade. Ich schmiere die Hühnchenteile mit dem fettigen Zeug ein. Sie glänzen. Ich bekomme Hunger. Ich werde mir gleich schon mal ein Brot genehmigen, gut möglich, dass Hanneke noch eine Stunde schläft. Nachdem das Huhn die Marinade aufgenommen hat, decke ich die Schale mit Plastikfolie ab und stelle sie zurück in den Kühlschrank.

Es ist Viertel nach neun, und die Sonne hat sich hinter dicken grauen Wolken versteckt. Ich mache die Weihnachtsbaumbeleuchtung an.

Hanneke hat den ganzen Baum mit einer dicken Schicht Engelshaar bedeckt, was den Baum sehr hässlich macht.

Das Engelshaar ist ein Dreckszeug, überall in der Wohnung finde ich Büschel von diesem Mist.

Wenn es nach mir ginge, würden wir den Baum eher auf die klassische Art schmücken; Beleuchtung, ein paar Kugeln in derselben Farbe, oder jedenfalls Variationen derselben Farbe, eine Spitze; ein übersichtlicher, bescheidener Baum.

In der Küche mache ich mir ein Brot mit Erdnussbutter. Ich esse es im Stehen vor dem Fenster und sauge danach die Krümel mit dem Handstaubsauger vom Fensterbrett und vom Boden. Das Ding macht einen Heidenlärm.

Sie schläft noch immer tief. Im Gang schaue ich kurz in den Spiegel. Dann ziehe ich meine Jacke an, nehme die Schlüssel vom Haken und mache die Tür auf. Meine Schuhe. Wo sind die?

Wir müssen noch viel erledigen, sage ich zu mir. Ich ziehe meine Jacke wieder aus. Die Garnelen müssen noch ins Knoblauchöl, und ich will noch eine Nachspeise machen mit Eis und einer Mousse aus Roséwein und Erdbeermarmelade. Das Dessert kann ich noch nicht machen, und die Garnelen dürfen nicht zu lange ins Öl. Aber die grünen Bohnen kann ich schon putzen. Ich hole den Sack aus dem Kühlschrank und kappe die Enden mit einem kleinen Gemüsemesser. Schon erledigt. Wenn ich die Kartoffeln jetzt schon koche, muss man sie heute Abend nur noch in Öl aufbraten. Ich lege sie in den Topf und stelle den Herd auf mittlere Hitze.

Letzte Nacht habe ich geträumt, dass ich auf Reisen war in einem fremden Land. Keine Ahnung, welches Land das war, aber es fühlte sich weit weg an. Da gab es viele nette, spontane Leute, die eine Sprache sprachen, die ich nicht verstand, aber trotzdem begriff ich alles, was gesagt wurde. Ich spazierte durch endlose Getreidefelder in ein Tal, durch das ein Fluss strömte. Glasklares Wasser, man konnte die Fische schwimmen sehen. Es war herrliches Wetter. Nicht zu warm und nicht zu kalt. Ich glaube, dass der Telefonanruf von Sandra dem Traum ein Ende gemacht hat. Oder, na ja, das kann man so nicht sagen, ich meine, ein Traum endet ja nie punktgenau. Immer wird er unterbrochen durch irgendwas. Ein Traum muss ja doch einmal enden. Da kann Sandra natürlich nichts dafür.

»Warum steht die Tür offen?«, fragt Hanneke. Sie steht im Gang und deutet auf die Wohnungstür. Auf der linken Seite ihres Gesichts sieht man den Abdruck des Kissens. Ich schaue zur Türe.

»Ich wollte gerade ein bisschen spazieren gehen, aber ich habe es mir anders überlegt.«

Sie schüttelt den Kopf.

»Spazieren gehen? Jesus, Henk, es ist Weihnachten, wir müssen noch total viel erledigen. Um vier Uhr steht Sandra vor der Tür.«

Die Kartoffeln kochen. Ich schalte die Hitze etwas zurück und mache die Wohnungstür zu.

23

Ulrich Knellwolf

Vom Vierundzwanzigsten auf den Fünfundzwanzigsten

Der Mann stand, hinter einem Busch gut versteckt, dem Haus gegenüber. Er war ganz in Schwarz gekleidet. Er schaute auf die Ausfahrt, den Garten, das Haus. Es war später Nachmittag, der vierundzwanzigste Dezember.

Der Besitzer des Hauses war vor einer Stunde heimgekommen. Der schwarzgekleidete Mann hatte ihn gesehen, weiter unten in der Straße stehend. Jetzt sah er, wie der Besitzer aus der Haustür kam, sportlich gekleidet, einen Koffer in beiden Händen. Er ging zum Wagen und legte die Koffer hinein. Hinter ihm stand der Italiener mit Skiern. Der Besitzer schnallte die Skier am Träger auf dem Dach des Wagens fest. Zuletzt brachte der Italiener einen kleinen Tannenbaum. Der Besitzer band den Tannenbaum auf die Skier. Die Frau kam heraus, auch sie sportlich angezogen. Die beiden stiegen ein. Der Italiener winkte. Unter der Haustür stand die Frau des Italieners und winkte auch. Der schwarzgekleidete Mann sah, wie der Besitzer mit seiner Frau die Straße hinunterfuhr und wie der Italiener und seine Frau wieder in dem Haus verschwanden.

Damit hatte er nicht gerechnet. Er war davon ausgegangen, dass der Italiener und seine Frau über die Festtage nach Hause fahren würden und dass das Haus leer stünde. Er blieb unschlüssig in seinem Versteck. Es begann zu dämmern. Er sah, wie in dem Haus Lichter angingen. Nach einer Weile erloschen sie wieder. Die Haustür ging auf. Der Italiener kam heraus. Er trug einen kleinen Koffer. Hinter ihm kam seine Frau. Sie verschloss sorgfältig die Tür. Der Italiener und seine Frau gingen um das Haus herum. Der schwarzgekleidete Mann hörte, wie hinter dem Haus ein Wagen gestartet wurde. In einem kleinen Fiat fuhren der Italiener und seine Frau die Straße hinunter. Der schwarzgekleidete Mann schaute ihnen nach. Er lächelte. Er würde ungestört sein und seine Ruhe haben.

Er wartete, bis es noch dunkler war. Aus einigen Fenstern leuchteten schon Kerzen von Weihnachtsbäumen. Der schwarzgekleidete Mann überquerte die Straße. Kein Mensch war zu sehen. Er hörte einen abgerissenen Fetzen des Liedes »Stille Nacht, heilige Nacht« aus einem geöffneten Fenster. Das Fenster wurde schnell wieder geschlossen.

Der schwarzgekleidete Mann betrat den Garten. Er ging zur Rückseite des Hauses. In der rechten Tasche des schwarzen Regenmantels hielt er den Glasschneider. In der linken Tasche fühlte er das kurze, mit Stoff umwickelte Stück Eisenrohr.

Ohne den Mantel auszuziehen, kletterte der schwarzgekleidete Mann auf den Balkon des ersten Stockwerks. Oben nahm er den Glasschneider aus der Manteltasche, ritzte auf der Höhe der Klinke eine halbmondförmige Linie in das Glas der Balkontür und schlug das Stück Glas mit dem Eisenrohr ein. Es klirrte nicht, als es innen auf den Boden fiel. Es musste ein Teppich im Zimmer liegen.

Der schwarzgekleidete Mann streckte die Hand durch die Öffnung im Glas, drehte den innen steckenden Schlüssel, öffnete die Tür und ging hinein. Da es dunkel war, trat er auf das herausgeschnittene Stück Glas. Es zerbrach knirschend.

Das Haus war gut geheizt. Erst jetzt merkte der schwarzgekleidete Mann, dass er gefroren hatte. Er rieb die Hände und machte ruckartige Bewegungen mit den Schultern. Dann zog er die schwarzen Handschuhe wieder an. Er holte eine Taschenlampe aus der Hosentasche und begann, von einem Zimmer des Hauses zum andern zu gehen. Er nahm noch nichts weg. Er wollte sich zuerst umsehen. Er hatte Zeit.

Als er alles gesehen hatte, ging er in die Küche. Er öffnete den Kühlschrank und nahm eine angeschnittene Salami heraus. Er suchte das Brot und fand es. Beides trug er ins Wohnzimmer. Im Esszimmer stand eine Flasche Bordeaux auf der Anrichte. Er nahm sie mit und holte ein Glas. Er setzte sich in einen der tiefen Sessel, öffnete die Flasche, trank und aß von der Salami und dem Brot. Es wurde ihm warm. Der Wein floss wie ein warmer Strom durch ihn hindurch. Der schwarzgekleidete Mann wurde schläfrig. Er lehnte den Kopf zurück. Er konnte es sich leisten, ein wenig zu schlafen.

Er erwachte von den Stimmen und dem Licht. Sie lachten. Sie redeten italienisch durcheinander. Sie standen um ihn herum. Es mussten viele sein. Den Italiener kannte er vom Sehen.

»Was du hier machen?«, fragte der Italiener. »Einbrechen?« Der schwarzgekleidete Mann zuckte mit den Schultern. »Bon Natale«, rief eine weibliche Stimme im Hintergrund. Gläser klirrten gegeneinander. Einer brachte gefüllte Gläser. Er gab eines dem Italiener und eines auch dem schwarzgekleideten Mann. »Buon Natale«, rief er und lachte. Eine Frauenstimme begann ein Weihnachtslied zu singen.

»Va bene, Buon Natale«, sagte der Italiener und machte eine wegwerfende Bewegung. »Wir glücklich. Meine Frau heute hat bekommen eine figlio. Eine Sohn. Du verstehen?« Er stieß mit dem schwarzgekleideten Mann an. Als es niemand sah, zog dieser die schwarzen Handschuhe aus und stopfte sie in die Manteltaschen. Sie tranken. Später aßen sie Spaghetti, die die Frauen gekocht hatten. Der schwarzgekleidete Mann saß beim Essen wie ein Freund zwischen den Freunden des Italieners. Alle aßen, tranken, dann sangen sie Weihnachtslieder und andere Lieder und tranken wieder. Sie feierten, bis es dämmerte.

Als die ersten gingen, ging auch der schwarzgekleidete Mann. Er ging die Straße hinunter und schaute zum grauen Himmel hinauf. Als er auf die Brücke kam, warf er das Stück des Eisenrohres in den Fluss und ging weiter.

»Fröhliche Weihnacht«, sagte er vor sich hin und lächelte.

24

Franz Hohler

Weihnachten – wie es wirklich war

War es so?
Maria kam gelaufen
Josef kam geritten
Das Jesuskindlein war glücklich
Der Ochse erglänzte
Der Esel jubelte
Der Stern schnaufte
Die himmlischen Heerscharen lagen in der Krippe
Die Hirten wackelten mit den Ohren
Die Heiligen drei Könige beteten
Alle standen daneben

Oder so?
Maria lag in der Krippe
Josef erglänzte
Das Jesuskindlein kam gelaufen
Der Ochse war glücklich

Der Esel stand daneben
Der Stern jubelte
Die himmlischen Heerscharen kamen geritten
Die Hirten schnauften
Die Heiligen drei Könige wackelten mit den Ohren
Alle beteten

Oder so?
Maria schnaufte
Josef betete
Das Jesuskindlein stand daneben
Der Ochse kam gelaufen
Der Esel kam geritten
Der Stern lag in der Krippe
Die himmlischen Heerscharen wackelten mit den Ohren
Die Hirten erglänzten
Die Heiligen drei Könige waren glücklich
Alle jubelten

Oder so?
Maria jubelte
Josef war glücklich
Das Jesuskindlein wackelte mit den Ohren
Der Ochse lag in der Krippe
Der Esel erglänzte
Der Stern betete
Die himmlischen Heerscharen standen daneben
Die Hirten kamen geritten
Die Heiligen drei Könige kamen gelaufen
Alle schnauften

Oder etwa so?
Maria betete
Josef stand daneben

Das Jesuskindlein lag in der Krippe
Der Ochse schnaufte
Der Esel wackelte mit den Ohren
Der Stern erglänzte
Die himmlischen Heerscharen jubelten
Die Hirten kamen gelaufen
Die Heiligen drei Könige kamen geritten
Alle waren glücklich.

Ja, so.

Verzeichnis der Autorinnen, Autoren und Druckvorlagen

Selma Lønning Aarø (geb. 1972)

53 S. L. A.: *Hotell Selma.* Oslo: Gyldendal Norsk Forlag, 2006. – Aus dem Norweg. übers. von Gabriele Haefs. – Mit Genehmigung von Selma Lønning Aarø, Oslo (Norwegen).

Stefan Albus (geb. 1966)

47 St. A.: *Das Lichterketten-Massaker ... und andere Weihnachtskatastrophen.* Mit Ill. von Valeria Barth. Gütersloh: Gütersloher Verlagshaus, 2011. S. 70–72, 100–103. – © 2011, Gütersloher Verlagshaus, Gütersloh, in der Penguin Random House Verlagsgruppe GmbH.

Hans Christian Andersen (1805–1875)

67 H. Ch. A.: *Märchen und Geschichten.* Aus dem Dän. übers., komm. und hrsg. von Heinrich Detering. Stuttgart: Reclam, 2012. S. 213–215.

Rotraut Susanne Berner (geb. 1948)

27 R. S. B.: *Apfel, Nuss und Schneeballschlacht. Das große Winter-Weihnachtsbuch. Lieder und Gedichte.* Hildesheim: Gerstenberg, 2001. S. 8. – Mit Genehmigung von Rotraut Susanne Berner, München.

Claire Beyer (geb. 1947)

21 Originalbeitrag. – Mit Genehmigung von Claire Beyer, Markgröningen.

Joseph von Eichendorff (1788–1857)

29 J. v. E.: *Gedichte.* Hrsg. von Peter Horst Neumann in Zsarb. mit Andreas Lorenczuk. Stuttgart: Reclam, 1997. (Reclams Universal-Bibliothek. 7925.) S. 39.

Mick Fitzgerald (1951–2016)

31 M. F.: *Old Money.* – Aus dem Engl. übers. von Gabriele Haefs. – Mit Genehmigung von Mick Fitzgerald, Dublin.

Theodor Fontane (1819–1898)

57 Th. F.: *Sämtliche Werke.* 25 Bde. Bd 3. München: Carl Hanser, 1959–1975. S. 12.

Johann Wolfgang Goethe (1749–1832)

58 *Goethe's Werke*. Vollst. Ausg. letzter Hand. 60 Bde. Bd 3. Stuttgart/Tübingen: J. G. Cotta'sche Buchhandlung, 1828–42. S. 20 f.

Jacob und Wilhelm Grimm (1785–1863; 1786–1859)

11 J. u. W. G.: *Die schönsten Märchen.* Stuttgart: Reclam, 2021. S. 94–97.

Franz Hessel (1880–1941)

35 F. H.: Von den Irrtümern der Liebenden und andere Prosa. Hrsg. und Nachw. von Hartmut Vollmer. Paderborn: Igel Verlag, 1999.

Catherine Hoffmann

43 Und der Esel kann's nicht fassen. Weihnachtserzählungen. Hrsg. von Jörg Buchna. Neukirchen-Vluyn: Aussaat Verlag, 2003. S. 107–110.

Franz Hohler (geb. 1943)

95 F. H. / Nikolaus Heidelbach: *Der Riese und die Erdbeerkonfitüre.* München: Deutscher Taschenbuch Verlag, 2000. S. 74–76. – Mit Genehmigung von Franz Hohler, Zürich.

Luise Holthausen (geb. 1959)

7 *Mit 24 Geschichten durch den Advent.* Die schönsten Geschichten zur Weihnachtszeit von Ursel Scheffler, Fabian Lenk, Antonia Michaelis und vielen anderen zum Lesen und Vorlesen. Ausgew. von Nina Strugholz. Mit Bildern von Nina Dulleck. Esslingen: Esslinger Verlag, 2012. S. 16. – © Luise Holthausen, Bochum.

Vincent Klink (geb. 1949)

39 Originalbeitrag. – Mit Genehmigung von Vincent Klink, Stuttgart.

Ulrich Knellwolf (geb. 1942)

91 U. K.: *Gott baut um. Weihnachtsgeschichten.* München: Nagel & Kimche, 2013. S. 15–18. – © 2013 Nagel & Kimche in der MG Medien Verlags GmbH, München.

Max Koranyi (geb. 1952)

15 Originalbeitrag. – Mit Genehmigung von Max Koranyi, Königswinter.

Root Leeb (geb. 1955)

83 Originalbeitrag. – Mit Genehmigung von Root Leeb, Marnheim.

Paul Maar (geb. 1937)

77 *P. M.: Warten auf Weihnachten.* Hrsg. von Barbara Homberg. Hamburg: Oetinger Verlag, 1978. S. 22–27. © Paul Maar.

Christian Morgenstern (1871–1914)

52 Ch. M.: *Sämtliche Dichtungen.* Abt. 2. Bd. 16. Hrsg. von H. O. Proskauer. Basel: Zbinden, 1978. S. 56.

J. P. Richter (1763–1825)

75 *Von drauß' vom Walde komm ich her. Die schönsten Weihnachtsgedichte.* Hrsg. von Kerstin Kipker. Würzburg: Arena, ²1999.

Rainer Maria Rilke (1875–1926)

59 R. M. R.: *Sämtliche Werke.* Hrsg. vom Rilke-Archiv. In Verbindung mit Ruth Sieber-Rilke. Besorgt durch Ernst Zinn. 6 Bde. Bd. 4: Frühe Erzählungen und Dramen.Wiesbaden / Frankfurt a. M.: Insel, 1955–1966. S. 63–72.

Joachim Ringelnatz (1883–1934)

51 J. R.: *und auf einmal steht es neben dir. Gesammelte Gedichte.* Berlin: Henssel, 1950. (1, 2)

Ursel Scheffler (geb. 1938)

9 U. Sch.: *Adventskalendergeschichten.* Freiburg i. Br.: Herder, 1991. S. 15. – Mit Genehmigung von Ursel Scheffler, Hamburg.

Theodor Storm (1817–1888)

71 Th. St.: *Sommer-Geschichten und Lieder.* Berlin: Duncker, 1851. S. 105–107.

Rob Waumans (geb. 1977)

85 *Het groot kerstverhalenboek.* Hrsg. von Tommy Wieringa u. a. Mit Ill. von Yoko Heiligers und Floor Rieder. Baarn: Marmer, 2013. S. 313–319. – Aus dem Niederl. übers. von Stephan Koranyi. – © Rob Waumans, Amsterdam.

Tommy Wieringa (geb. 1967)

19 T. W.: *Synesthesie.* In: T. W.: Ga niet naar zee. Amsterdam: Bezige Bij, 2010. [o. P.] – Aus dem Niederl. übers. von Stephan Koranyi. – © 2010 Tommy Wieringa. Mit Genehmigung von De Bezige Bij, Amsterdam 2010, 2014.

Der Verlag Philipp Reclam jun. dankt für die Nachdruckgenehmigung den Rechteinhabern, die durch den Textnachweis und einen folgenden Genehmigungs- oder Copyrightvermerk bezeichnet sind. In einigen Fällen waren die Rechteinhaber nicht festzustellen; hier ist der Verlag bereit, nach Anforderung rechtmäßige Ansprüche abzugelten.

Inhalt

2014, 2017, 2025 Philipp Reclam jun. Verlag GmbH,
Siemensstraße 32, 71254 Ditzingen
info@reclam.de
Umschlaggestaltung: Philipp Reclam jun. Verlag GmbH
Umschlagabbildung: *Herzlichen Glückwunsch zum neuen Jahr*
(Postkartenmotiv, 1920er) – akg-images
Schmuckelemente: © Shutterstock.com / Eugeniya Sheydt
Druck und buchbinderische Verarbeitung:
Friedrich Pustet GmbH & Co. KG, Gutenbergstraße 8, 93051 Regensburg
Printed in Germany 2025
RECLAM ist eine eingetragene Marke
der Philipp Reclam jun. GmbH & Co. KG, Stuttgart
ISBN 978-3-15-011556-5
reclam.de

MIX
Papier | Fördert gute Waldnutzung
FSC® C014889